BROCHADAS

Jacques Fux

BROCHADAS
Confissões sexuais de um jovem escritor

Copyright © 2015 by Jacques Fux

Direitos desta edição reservados à
EDITORA ROCCO LTDA.
Av. Presidente Wilson, 231 – 8º andar
20030-021 – Rio de Janeiro – RJ
Tel.: (21) 3525-2000 – Fax: (21) 3525-2001
rocco@rocco.com.br
www.rocco.com.br

Printed in Brazil/Impresso no Brasil

preparação de originais
NATALIE DE ARAÚJO LIMA

CIP-Brasil. Catalogação na fonte.
Sindicato Nacional dos Editores de Livros, RJ.

F996b	Fux, Jacques
	Brochadas: confissões sexuais de um jovem escritor / Jacques Fux. – 1ª ed. – Rio de Janeiro: Rocco, 2015.
	ISBN 978-85-325-2994-7
	1. Romance brasileiro. Título.
15-23089	CDD–869.93
	CDU–821.134.3(81)-3

Ave, salve, viva, ó grande bastardo de Apolo
Amante impotente e fogoso das nove musas e das graças
Funicular do Olimpo até nós e de nós ao Olimpo
Fernando Pessoa

Ontem
Até hoje perplexo
ante o que murchou
e não eram pétalas.
(...)
Eis está gravado
não no ar, em mim,
que por minha vez
escrevo, dissipo.
Carlos Drummond de Andrade

Que tens, caralho, que pesar te oprime
que assim te vejo murcho e cabisbaixo
sumido entre essa vasta pentelheira,
mole, caindo pela perna abaixo?
Que é feito desses tempos gloriosos
em que erguias as guelras inflamadas,
na barriga me dando de contínuo
tremendas cabeçadas?
Bernardo Guimarães (1875)

Que bom que as pessoas têm língua e têm dedo.
Hilda Hilst

Tudo aqui é verdade, exceto o que não invento.

Sumário

À *l'ombre* das brochadas perdidas................ 15

À *la recherche* do espelho judaico................ 139

Pés na bunda: impulsos literários................209

Tentativa de esgotamento do motivo das brochadas masculinas

Mau hálito; chulé; perfume; fedor na xoxota; fedor no bumbum; seios murchos; seios caolhos; bunda murcha; bunda flácida; bunda caída; bunda grande demais; excesso de pentelhos; pouco pentelho; cabelo debaixo do braço; cabelo no bico do peito; excesso de álcool; ansiedade; obrigação; pensar na mãe; pensar na ex; amadorismo; demorar para achar a camisinha; mulher que fala "não" para tudo; mulher que não quer te chupar; excesso de trabalho; amor demais; já ter transado com a mesma mulher muitas vezes; já ter transado com a mesma mulher muitas vezes no mesmo dia; ouvir a música que ouvia com a ex; pinto esfolado; mulher que não sabe chupar direito; mulher que te bate demais; mulher que te arranha demais; trair a mulher que ama; camisinha apertada; ter se masturbado antes; dor de barriga; quando apaixonado, a primeira vez com a mulher; a primeira vez com alguma mulher; preliminares demais; ter brochado antes com a mesma mulher; ter brochado antes com outra mulher; mulher importante demais; mulher mandona demais; mulher que ganha mais dinheiro que o homem; mulher menstruada; dar um apelido ao pênis que o homem não gosta; quando descobre que a mulher é virgem e ele só queria dar uma rapidinha; arrependimento; melancolia; depressão; tudo isso junto.

Tentativa de esgotamento do motivo das brochadas femininas

Mau hálito; fedor; pinto fedido; chulé; pinto pequeno demais; pinto grande demais; pinto meia-bomba; muito pentelho; pouco cabelo; muito cabelo; carência; estupidez; carinho demais; zelo demais; falta de criatividade; desconhecimento do corpo feminino; egoísmo; narcisismo; não ligar no dia seguinte; sentir perfume de outra; ser chamada por outro nome; homem que não quer te beijar depois de feito sexo oral nele; homem que não faz sexo oral; homem que esquece totalmente dos seios; erros de português nas mensagens; cueca furada; dar apelido à vagina; homem que dispara a rir no meio do sexo; homem que dispara a chorar no meio do sexo; homem que troca toda hora de posição; cueca com "freio"; cueca relaxada; homem que não te envolve sentimentalmente; homem que fica se olhando demais no espelho; beijinho sem volúpia; falar da mãe; falar da ex; homem que solta pum na hora; homem que fala igual a neném; homem que chama de puta, putinha, vadia; homem que não xinga; homem que bate forte demais; homem que não bate; excesso de cuidado; ouvir choro do seu filho; filho batendo na porta; homem gozar na cara; homem que goza, levanta e vai embora; muita perversão; pouca perversão; homem que goza rápido demais; homem que demora demais; homem que só fala de outras mulheres; homem muito insistente; machismo; ficar insistindo para tirar foto e filmar; nada disso.

À L'OMBRE DAS
BROCHADAS PERDIDAS

Eu

Antes de tudo, tenho que fazer uma confissão: nunca brochei. (Nem eu nem o famigerado Ziraldo!) Nunquinha! Mas uma retificação, infelizmente, deve ser feita: eu nunca brochei comigo mesmo. Sim. Claro. Eu, vivendo o rico imaginário das minhas coleções de imagens, sonhos, desejos e idealizações fantásticas nunca deixei de dar no couro apenas virtualmente falando. Assim, diante de musas (nem sempre tão belas), exposto a cheiros (de que tanto temos lutado para nos livrar), alcoolizado, ansioso, alucinado, vendo neuroticamente minha mãe me censurando, idealizando um amor *inter, sanguis, urinas et faeces*, e também por outras loucuras mais, tenho muito orgulho em admitir que sim, já brochei. E foram tantas vezes... me lembro de todas! Por isso, sigo vivendo a angústia dessa sensação dúbia do desejo da conquista e do medo do fracasso.

Aqui conto minhas histórias. Relato as experiências de uma geração e talvez as memórias de um povo que viveu inúmeras frustrações e flagelos (não, não é o povo judeu!), já que não conheciam o deus Baco contemporâneo: o Viagra. Talvez este livro seja datado por conta disso. Talvez não. Casos de brochadas são conhecidos desde sempre. E desde sempre se buscam explicações, desculpas e soluções. Como neste livro. Como, talvez, em todos os livros já escritos! Assim me insiro novamente na História, dessa vez não tão glamourosa assim.

Até os grandes brocharam! Até os grandes não compreenderam muito bem a diacronia dos seus ilustres órgãos. Rousseau, em seu livro *Confissões*, revelou sua brochada de uma forma poética e literária: "De repente, ao invés de chamas devorando meu corpo, senti um frio mortal percorrendo minhas veias; minhas pernas tremeram e, quase desmaiando, sentei e chorei como uma criança." Platão se incomodava por não conseguir controlar seu Platinho: "Desobediente e teimoso, como uma criatura deficiente de razão." Montaigne reclamava da rebeldia do seu *petit*: "É certo notar a dispensa e a desobediência desse membro que inoportunamente nos deixa na mão quando mais necessitamos." Tantos homens, importantes ou não, brocharam. Aqui narro a *Ilíada* da brochada. O célebre e verdadeiro tabu da sociedade.

(Mas eu não quero ser brocha não, me tira dessa. Quero me proteger dessa terrível possibilidade. Acho que vou seguir o conselho de Plínio e vestir um amuleto para proteção: "Usar no pescoço o molar direito de um crocodilo garante a ereção nos homens." Mas não vale comprar na Amazon, você tem que ser "o cara" que pega esse molar à força! Assim, para garantir minha ereção eterna, sem nunca mais ter que reviver os casos e contos desse livro, *voilà*, acabo de marcar minha passagem para África! Os crocodilos que se cuidem!)

Narrar a brochada é reviver a dor, a vergonha, a incompreensão, a ironia, o misticismo e as muitas neuroses ao longo da história. Já diriam os historiadores e antropólogos: "Cada época com seus monstros", mas se esqueceram de levar em consideração a inextinguível brochada. Santa brochada! Esse monstro que sempre acompanhou os grandes momentos da História. Desde os gregos e romanos que usavam o sexo e a sodomia para subjugar o outro e, quando brochas, eram considerados inferiores e desprezíveis, até o que aconteceu comigo "ontem". Terrível. Triste. Ficção? Acabei, ao menos, me encontrando junto a alguns dos maiores acontecimentos da literatura mundial... e brocha! Assim divulgo, sem vergonha, o mais sigiloso e despudorado segredo da humanidade (que pretensão!).

E quando isso acontece, muitas perguntas são colocadas: Por que logo comigo? Por que não consigo controlar algo tão próximo, tão pequeno e tão simples? Como posso continuar vivendo após mirar meu próprio pênis e, suplicando por uma ereção urgente, receber em contrapartida um olhar combalido e agonizante do próprio? Por que essa parte do corpo que me pertence tem vontade e desejo próprios? Perguntas para as quais busco respostas pessoais, históricas, culturais e místicas. Perguntas sem respostas, mas literariamente ricas. Muito ricas. Por isso me atrevo a tratar dessa questão, sentida por muitos, em tantas épocas, e quase totalmente silenciada. Bem, vamos lá! Seja o quê, e quando o alter ego deste livro, Jacozinho, quiser! Amém.

Ela

Eu já brochei sim, Jacques, mas até então nunca tinha imaginado escrever nada sobre o tema. Costumava conversar naturalmente com minhas amigas a respeito desses fatídicos e acidentais "casos". Era um assunto comum, às vezes engraçado e divertido, outras vezes complexo e confuso... e que ficava entre a gente... mas eis que surpreendentemente recebo uma carta bem machista me contando o motivo real de suas brochadas! Uau! Que coisa hilária e surreal! Merece uma boa e "vigorosa" resposta!

E sim, Jacques, eu já brochei com você! E não foi apenas uma vez. "Ontem", por exemplo, acho que não deu muito certo... Acontece, querido. Acontece nas melhores e mais "pujantes" famílias! Mas, refletindo bem, talvez a única verdade desse mundo louco seja realmente a brochada. Brocha-se o tempo todo. Brocha-se com ou sem tesão. Brocha-se com ou sem paixão. E da brochada pode até nascer um surpreendente amor. Isso que parece impor o fim, antes de seu tempo, pode fazer nascer, surgir, crescer. Não exatamente o que você queria que crescesse nesse infortunado instante... mas a brochada pode ter o potencial de fecundar o amor.

Nós, mulheres, muitas vezes dissecadas, pesquisadas e endemoniadas, contamos com a maravilhosa possibilidade literária do fingimento. Sim, Jacques, somos as verdadeiras e únicas poetas possíveis. Possuímos o estupendo dom de fingir completamente a dor que, de fato, sentimos. Podemos sentir (e simular) muito mais prazer. Como escreveu Hilda Hilst, talvez sobre algumas de nossas pequenas vantagens: "Uma vagina em repouso tem por si só vida, pulsão, cor. Já um caralho em repouso é um verme morto."

A nossa brochada é uma questão metafísica, Jacques. Uma questão talvez de outro mundo. Olha que paradoxo: mesmo estando com o maior tesão, a queridinha pode dar uma de louca e não ficar tão molhada. Imagina o desespero? Você está lá, superexcitada, mas percebe que há um risco iminente do outro supor que você não está. Aí você fica morrendo de medo do outro brochar, ou pensar que você é brocha. Mas não é! Neurose total.

Nessa história ou *Ilíada* das brochadas, podemos narrar vários acontecimentos que vocês, homens, nem sonham. Eu, por exemplo, lembro-me de várias vezes que transei sem sentir nenhum tesão, apenas pensando na vida que acontecia... Tudo passa na nossa cabeça quando não estamos excitadas. E vocês lá, se esforçando, suando e não podendo se descuidar – qualquer distração é brochada na certa!

Por isso posso responder e escrever também sobre as brochadas dos homens e todas as desculpas que já escutei. Confesso, entretanto, que não seja tarefa tão fácil assim. Dói, dói um pouco. No momento em que isso ocorre, compadeço. Surgem uma grande insegurança, um constrangimento, um leve tumulto. Mas não só comigo. Com ambos. Eu tenho consciência que a culpa não é só minha, que algo não bateu, que alguma química não existiu. E até então não imaginaria jamais compreender o "real" motivo desses embates "murchos", Jacques!

Mas, além de sexo, quero mais. Quero homens especiais e sensíveis, que, mais que corpos perfeitos, desejem ser seduzidos pela minha inteligência, pelo meu humor, pelos meus encantos. Sabe-se que Cleópatra era nariguda e não era tão bonita assim. E ela até hoje excita, encanta e fascina pelo seu dom da palavra, do olhar, dos odores e das essências que dominava. Ela possuía a arte de seduzir a quem quisesse. (Mas diz-se que até ela reclamou da "arma inútil" de Antônio: "A vara do soldado caiu. Sua espada alada foi roubada.")

Também, em um olhar bem mais atento, encontramos a inteligência, a ironia e a sensibilidade de Sherazade. Ela fascinou o rei que decapitava todas as mulheres com quem passava a noite. Misto de sedução, encanto e magia, Sherazade criou a possibilidade da paixão pela literatura, pelas histórias, pela arte de contar e convencer. Ela não era nem de longe a mais bonita das inúmeras ex-cônjuges do rei, mas foi a única que sobreviveu e o arrebatou completamente através de suas lindas palavras, das mágicas histórias inacabadas e de todo feitiço literário que produziu. (Mas o soberano, ao não cumprir sua promessa somente com ela, eternizou-se impotente diante do amor e da magia da literatura. Como já diria Hilst: *"Vox Populi, vox Dei*: com a leitura, vão-se as picas duras. (...) Já dizia o rei: um livro nas mãos é uma foda a menos.")

Assim, reflito sobre os diversos desencontros e limitações das palavras, dos corpos e dos sentimentos, Jacques. Também recordo, revivo e recrio os mais esmorecidos e prostrados Jacozinhos que encarei. Amplio as acepções e enalteço a ruidosa polêmica da "brochada". E contesto seriamente as suas provocações!

(1998)

Agnes

Nem tudo tem necessariamente um começo e um fim como têm nos revelado as novas teorias acerca do Universo. Já as minhas brochadas tiveram um início, sobretudo no campo da sensibilidade, foram evoluindo lentamente, permeadas por bloqueios, neuroses e frustrações, e continuam até hoje, aterrorizando e ironizando minha vida e minhas relações. Ainda não encontrei uma razão única e uma explicação geral para essa questão. Talvez após a escrita deste livro, esta catarse, esta busca enquanto escritor insatisfeito com o mundo, eu possa encontrar algumas respostas. Ou muitas outras perguntas.

Teria sido inocência, imaturidade ou ingenuidade o meu primeiro vislumbre do amor real? Real, digo, invento, não no campo metafísico, místico, ultraterreno. Real no sentido físico, da penetração carnal. Da tentativa de unir amor, paixão e sexo? Em 1500, ao desembarcarem no Brasil, os portugueses se encantaram com a beleza e a disposição das índias para o sexo. Elas, com suas vergonhas tão nuas e com tanta inocência descoberta, não sentiam pudor algum e isso era motivo para as mais diversas fantasias sexuais portuguesas. O belo e o bom, o amor e a beleza, o visível e o invisível coabitavam inseparavelmente o mundo neoplatônico das ideias sexuais (bem abaixo do Equador). Naquele tempo, as vergonhas sem pelos eram a própria inocência e virgindade. E a penugem farta era o símbolo máximo de erotismo e da luxúria. (Vai entender o mundo da moda.) Meus sentimentos ainda não eram desconexos, desvinculados, desencontrados. Eu queria e podia juntar em uma só mulher amor e tesão. Ingenuidade. E assim, ainda muito amador, conheci a Agnes, encantadora, iluminada, mistura de índia e europeia, amor e volúpia, desejo e carinho. Uma grande paixão.

Jovem, muito jovem ainda, e desconhecendo tudo, conheci essa minha primeira mulher. Ainda sou capaz de fantasiar o seu cheiro, o seu gosto, o seu corpo, os seus sons. A minha pureza era muita e a virilidade maior ainda. Como não experimentar, e se sentir orgulhoso, do prazer da própria ereção? O mundo é engraçado e paradoxal: aqueles realmente viris, endurecidos e edificados não estão nem aí para grandes conquistas e realizações. Já os realmente brochas sempre tiveram que se preocupar em realizar coisas que o satisfizessem. E eles foram os maiores líderes revolucionários, temíveis e cataclísmicos, que mudaram o mundo. Sim, porque aquela sensação que se tem de poder megalomaníaco ao estar ereto já é suficiente para preencher seu próprio vazio (cavernoso) existencial. Não é necessário mais nada, apenas tentar, naquele sublime momento, dar e receber o gozo, ainda que falacioso e utópico. E você se sente completo e realizado. Tenho certeza absoluta de que Hitler era brocha (e pior, não circuncidado). A minha teoria complementa a de Wilhelm Reich, que dizia que o nazismo e o stalinismo teriam nascido da falta cultural de orgasmo. Acredito que a falta de orgasmo foi uma resultante das brochadas desses angustiados líderes.

Mas comigo seria diferente, sempre achamos assim. A nossa geração Y se julga extraordinária e muito melhor que as outras. Ledo engano. Eu vivia essa perplexidade de me achar o mais especial e capaz de realizar algo grandioso, porém, bem no fundo, só queria encontrar uma mulher para amar e transar, o que já me satisfaria plenamente. Não estava muito preocupado nem com a possibilidade de conquistar o mundo nem com a contingência de uma brochada. Nunca tinha brochado até então, já que só exercera essa arte milenar egoisticamente comigo mesmo.

Encantei-me pela Agnes já na primeira vez em que a vi. Era uma festa em homenagem à independência de Israel realizada anualmente no Rio de Janeiro. Algum tempo depois descobri que ela tinha aparecido nessa festa porque uma amiga sua tivera um caso com um israelense na Bahia e elas estavam querendo se inteirar mais desse excêntrico grupo. O que elas sentiam mesmo era uma grande atração por esses jovens israelenses que saíam pelo mundo logo depois de terem visto e enfrentado a morte no período em que serviram ao exército. Esses soldados destemidos, fortes, corajosos (Wolverines? Acho que elas os imaginavam assim) eram pura fantasia e idealização. E foi pela invenção de um deles que a amiga de Agnes se apaixonou. O sul da Bahia, mais especificamente Morro de São Paulo, é uma rota turística desses israelenses. Regados a muita marijuana e festas psicodélicas, esses jovens procuram viver momentos alienantes na tentativa de esquecer e recalcar seus traumas de guerra, ainda muito recentes e dolorosos. Ver a cara da morte, ainda que na juventude, deixa marcas indeléveis e memórias fragmentadas, difíceis de serem faladas. (Seriam "esses deuses" brochas?) Segundo Walter Benjamin, aqueles que retornavam da Primeira Guerra voltavam mais "silenciosos e impotentes do campo de batalha. Mais pobres em experiências comunicáveis, e não mais ricos". Esses israelenses, na praia, exalavam silêncio, segredos e mistérios. E acho que foi isso que encantou e excitou também a Agnes. Depois, com o tempo, ela transferiu esse fascínio para mim, acredito. E fomos felizes durante algum tempo.

    Assim, nessa festa judaica, conheci Agnes. Eu carregava, na época, a minha Torá, que eram as obras completas de Baudelaire, um grande e declarado brocha.

Seria essa "santa" judia? O que estaria fazendo ali? Teria alguma chance com ela? Não sei o que aconteceu comigo naquele dia. Fui audacioso o suficiente para me aproximar dela e saber o que tamanha beleza, encanto e mistério estavam fazendo naquela desanimada festa de comunidade. Ela me contou parte da história da Bahia, e me apaixonei pela sua erudição, pelo seu sorriso e pela sua beleza. Ainda revivo aquele primeiro encanto.

Assim ficamos juntos por desencontrados momentos. Eu era carente, inocente e muito virgem. Após ter me desiludido várias vezes com outras mulheres, acreditava que me doando mais, cada vez mais à Agnes, poderia seduzi-la. Respeitoso, educado, atento, atencioso e galante, eu fazia questão de estar sempre presente. Presente até demais. Presença que hoje, acredito, tenha até causado certa repulsa a Agnes.

Acho que o começo do nosso namoro poderia ser comparado ao costume luso-brasileiro dos séculos XVII e XVIII, conhecido como "namoro de escarrinho". Como éramos virginais e sensíveis naqueles nossos primeiros momentos! Segundo alguns documentos das Visitas da Inquisição, os maiores delitos que os "namoros" cometiam eram "palavras de requebros e amores", "beijos e abraços", "chupadas de língua", "língua na boca", "pegar nos peitos" e "apalpar as partes pudentes". Que ironia a minha delinquência na época! Hoje vejo que eu poderia ser considerado um respeitoso amante católico do século XVIII. Basicamente, um bobão!

Mas, finalmente depois de alguns meses de namoro, ainda muito ingênuo, puro e amador, comecei a praticar a arte milenar, repreendida e censurada da cópula. As minhas transas com Agnes, na época, eram com amor, carinho e respeito. Mas claro que sempre me sentia muito alienígena e neurótico vivendo os prazeres em meio à culpa: "Será que minha mãe sabe dessas minhas estripulias sexuais? Será que ela me imagina (sua mais nobre e perfeita obra de arte) praticando cunilíngua? Será que ela pode me ver e saber desses meus primeiros segredos? Para, Jacques, para de pensar sobre isso. Vai dar merda!" Apesar das neuroses judaicas, eu me deliciava com os encantos do novo corpo até então desconhecido. Da linda e amada mulher. Não que eu soubesse muito bem onde as regiões erógenas femininas estavam localizadas, mas me regozijava, rompante, com a floresta errante de Agnes.

Os meus primeiros encontros carnais foram assim ludibriados de sentimento. Sim, o cheiro da emoção impregnava os quartinhos baratos onde transávamos. O amor virara ato ratificando a santidade romântica. Mas, apesar da potência juvenil, do amadorismo e da inocência, algo já começava a dar dicas de uma possível brochada um dia. Os odores sempre me incomodavam. Esses cheiros fortes, concentrados na vulva, amálgama de índia e portuguesa, despertavam meus instintos e receios. Como não se desestabilizar com essências tão íntimas? E por que se consternar tanto com isso? Não seriam as mulheres as mais suscetíveis a odores? Será que só um banho resolveria a questão ou existiria algo metafísico ou animalesco nesse desencontro de aromas? Muito cândido, não sabia ainda de nada. (A dura verdade é que eu me defrontava com meu próprio cheiro. E não gostava).

Sabe-se que o banho gozava (literalmente) de grande prestígio entre as civilizações antigas e contemporâneas. As termas romanas (e as saunas dos centros urbanos modernos) sempre foram associadas a locais de prostituição. Assim, os primeiros pudicos cristãos ficaram assustados e ofendidos com essa prática de prazer do corpo e discriminavam fortemente mulheres que participassem desse ritual. (Era só um banho, padrecos, e vocês os proibiram.) Abster-se do banho tornara-se sinônimo de santidade e sublime devoção a Deus. (Só se for à deidade Fedentina.) Ou seja: quanto mais fetidez, mais santo e próximo ao Onipotente o indivíduo estava. (Isso mudaria muitas vezes, claro. No século XVIII, por exemplo, acreditava-se que os corpos habitados pelo Diabo tinham um cheiro diferente, e padres farejavam seus rebanhos em busca do Dito-Cujo. Artigos científicos recentes buscam identificar os odores que cânceres exalariam. O Diabo redescoberto!) Vide, por exemplo, a Santa Agnes, ironicamente, patrona das virgens, dos jardineiros, das castas e das vítimas de estupros, que nunca tomou sequer um banho. Pura, pudica e fétida. Até o batismo cristão, antes uma cerimônia de imersão e proteção contra o Demo, foi substituído por uma simples aspersão. Um esguichinho ridículo catequizador. Histórias e culturas difíceis de entender (e fáceis de ironizar) com o olhar moderno. Mas eu, sempre habitado pelo *dibouk*, e judeu renegado por todos, tomava vários banhos por dia e extraía muito prazer solitário e inventivo dele. Esperava que os banhos me libertassem dos cheiros, dos desencontros e das brochadas. Como se o "verdadeiro" odor pudesse ser eliminado com banhos. Infelizmente não, como descobriria mais tarde.

Mas é óbvio que a minha amada Agnes já tinha se banhado algumas vezes (o que não aconteceria ficcionalmente com outra musa, a Carla. Cenas fedorentas de um próximo episódio.) Diante dela, misto de prazer, poder, amor e cheiros intensos, senti e vivi minhas primeiras penetrações. Singelas, imaculadas e puras. (Mentira.) O encontro dos nossos corpos seguiu, neuroticamente falando, por outras vinte e oito vezes. Não, não de uma vez só, mas por meses de relacionamento. Ainda não me tornaria o fabuloso Príapo. Não com Agnes. Não no primeiro encontro.

Mas o odor estava sempre presente e ia aumentando o incômodo à medida que o amor se esvaía. Os antigos acreditavam que a película pestilenta funcionava como um esmalte protetor contra doenças e abluções. Banhos, perfumes e essências não eram bem-vindos. A questão das fragrâncias sempre foi cíclica e complexa. Primeiro os perfumes de âmbar, almíscar e civete eram usados para realçar os cheiros e atiçar os instintos e desejos sexuais e animais. Mas aí, com a "criação" da censura e o pecado, caíram em desuso, depreciando o prazer e a excitação pelo olfato. Será que foi aí que o Freud-brocha se confundiu? Nunca houve, na verdade, uma depreciação do sentido olfativo pela mudança da postura do homem (instintivamente quadrúpede, posteriormente, e por motivos culturais, ereto), mas sim uma tentativa de camuflar e ludibriar os odores. O "Mal-estar" da cultura e da civilização não levou em consideração os nossos índios e seus atributos sexuais, já que eles, mesmo eretos, continuavam sem se importar com os cheiros. Confuso, complicado e sem resposta. Bom, mas sei lá, só sei que eu começava a prestar muita atenção aos odores de Agnes. Mais do que era saudável. (Eu sentia os meus próprios odores primatas e essa foi a minha epifania brochante. Segundo Burke: "Nenhum odor ou gosto pode produzir um sentimento de admiração, com exceção de amargores muito acentuados e maus cheiros intoleráveis.")

E nosso amor foi se exaurindo, triste e real. Iríamos acabar nos separando ou brochando em algum momento. Alguns processos de divórcio apresentados à Santa Igreja Católica, essa que unia eternamente as pessoas, clamavam pelo fim da união com base na incompatibilidade de cheiros. A santidade do matrimônio era rompida pelo bodum! E eu me encontrava mais uma vez inserido na História. E foi assim, simples e banal, a primeira vez que experimentei a terrível, temível e vergonhosa brochada. Prostrado, consternado e deprimido, Jacozinho (vos 'introduzo' novamente, porém sem penetrar) não subiu.

Where now? Who now? When now? It was like so, but wasn't. Estávamos juntos, eu e Agnes, e jovens, ainda sem muito lugar para transar, tínhamos arranjado uma brecha numa saída dos meus pais e do meu irmão. O meu pequeno quarto se tornou um antro de amor, volúpia e perdição. Eu comecei como sempre começava, pelo início. Preliminares. Pode parecer ridículo, mas nem sempre iniciamos assim. Descoberto o seio, naquele dia, algo me incomodou: alguns fios de cabelo rodeavam os mamilos, e eu não fui capaz (ou fui?) de reviver "aquele" sagrado momento edipiano. O amor, inexistente, não mais ludibriava as imperfeições. Um tapa de realidade. Triste. Mas mesmo assim continuei. Depois de muitas carícias, retirei sua roupa e empenhei-me na tarefa de lhe dar prazer com minha boca. Lábios, bocas, lábios, quentes, lábios, ânus, lábios, lábios, lábios. Penetrava-a com minha língua e me incomodava mais e mais com os cheiros que de lá emanavam. Eu analisava friamente aqueles odores enquanto ela se contorcia de prazer e tesão. "Não pare! Vai. Chupa.

Isso." (Acho que ela se incomodava bem menos com o esvaziamento do nosso amor.) Eu não parava, mas confesso que já não me excitava mais. Minha boca, bochechas e nariz inalavam e exalavam as mais diversas fragrâncias que se consubstanciavam. Eu trabalhava a musculatura do meu único membro que estava ereto: a língua. Ela gozou e ainda queria mais. Segundo os estudos mais modernos, o clitóris é a única parte do corpo humano responsável inteiramente por dar prazer. Totalmente dedicado/concebido para o prazer. Ah!, e como ela gostava quando eu encontrava por engano seu maravilhoso clitóris! Bons momentos... Frequentemente a mulher não fica satisfeita com uma única experiência orgástica, diferentemente de nós, pobres homens, que depois de gozar precisamos de um descanso (ou de desaparecer). E assim, como o desejo ardente de Agnes não se acabava, eu tive que me empenhar ainda mais um pouco. E sem sentimento, naquela época, ficou bem mais difícil. Impossível.

    Então é nessa hora que entendemos o verdadeiro sentido da palavra desespero. Eu ainda estava vestido e mole, e não havia muito como fugir dos pedidos de Agnes. Acho que foi nesse exato momento que Hitler e Napoleão resolveram conquistar o mundo, já que não foram capazes de levantar o seu próprio pinto. Malditas brochadas! E eu, agoniado, inapto e inoperante tinha que me concentrar para fazer meu pobre Jacozinho mirar as estrelas. É nesse momento que você descobre o quão frágil tudo pode ser. Você começa a conversar consigo mesmo. Começa a tentar se convencer de que é capaz, de que pode controlar uma parte ínfima do seu próprio corpo, que basta relaxar, esquecer tudo e todos e finalmente atingir o Brahma (essa fusão entre os três "estados" do espírito humano) pelo seu pau. Mas esses pensamentos todos acontecem simultaneamente, te entorpecendo, e você não consegue mais.

Na inútil tentativa de me excitar, senti novamente o cheiro incômodo da minha boca que havia perscrutado as pernas abertas da minha ex. Horrível. E ela continuava lá, me esperando. Ansiosa. Desejosa. "Ai, meu Deus, é muita pressão", eu sofria angustiado. E ela ainda me provocava: "Vamos, meu bem, me come! Eu quero mais."

Aí você sofre ainda mais. Tenta mentir, arte que definitivamente não maneja. "Tô indo, amor. Me espera." Mas eu estava literalmente indo muito devagar. E indo aonde, porra? A lugar nenhum. Indo apenas expor meu micromembroimpotenteflácidobrocha? "E agora, Jacozinho, a festa, que nem começou direito, já acabou?" (Será que foi após uma surpreendente brochada com a amante, e não a tradicional brochada com a esposa, que Drummond escreveu esse poema? Ou foi o "Ontem"?) "Vem amor, vem rápido." "Rápido? Como assim? Nem devagar consigo. O que fazer? Como fazer?" E aí a merda na sua cabeça só vai aumentando. Seu coração dispara, a mão transpira, o seu rosto esquenta (e ferve o cheiro impregnado, que agora você detesta) e a porcaria do seu pau não sobe. Aí você tenta, inutilmente, preenchê-la com seu dedo, vários dedos, boca, nariz, e nada serve. "Vem, meu amor. Eu quero você dentro de mim." É nessa hora que você deseja ser a Alice no País das Maravilhas e ter aquela poção mágica para te diminuir, ou para desaparecer daquele pesadelo, ou para você entrar literalmente dentro dela, já que essa seria a única possibilidade de penetração. Você, infelizmente, não vai, não foi, não consegue. Aí faz pela primeira vez aquele olhar de lamento, de pânico, de incompreensão. Continua tentando se endurecer usando vorazmente a sua mão, mas cada tentativa frustrada faz com que Jacozinho se esconda mais e mais de você. Mais e mais de sua parceira. Mais e mais de seu orgulho.

Você para, reflete, lamenta... não tem explicação. Olha para sua ex-amada, que, mesmo carinhosa e amiga, não te entende. Nesse momento você não dá a mínima para o outro. Você tenta se consolar se inserindo na única realidade masculina (antes do Viagra), o que dói muito. Agonia. Você nega para você mesmo. Tenta inventar algo, se autoenganar primeiro e tentar ludibriar o outro. "Foi ótimo, meu amor. Eu gozei muito rápido e por isso estou assim, satisfeito." E você de fato acredita nisso, de fato crê que a mulher vai acreditar, e começa a construir a sua ficção: "Ai, meu amor, você me deixou louco com seus gemidos e com o sabor da sua vulva." Sim, é isso, é esse o caminho. Invente. Engrandeça o ego dela. Ela vai acreditar. Você nunca tinha falhado antes. Nunca falha. E você se engana, cheira seu próprio lábio, seus dedos, sua boca e finge que gosta. Que quer mais. Que pode mais. Mas a verdade é que você quer sumir. Desaparecer. Voltar ao conforto da sua casa, da sua vida, do seu império que não rui, que nunca despenca e que continua erguido como os muros eternos de Troia. Mas aí você se lembra do cheiro do cavalo na sua boca e entende por que troianos e o Jacozinho tombaram. E o medo toma conta de você. Do futuro incerto. Sem mais o amor de sua primeira namorada e da possibilidade real de falhar. De fracassar. E de ter que continuar vivendo. "O que será da minha vida a partir de agora?" (A primeira brochada você recalca tanto que até fala dela em terceira pessoa. Bem traumático. Mas isso muda!)

    E foi assim que brochei a primeira vez. Foi assim, desencontrado de amor e desejo, que não consegui controlar pela primeira vez meu membro. Diversas outras vezes isso ainda iria acontecer, por variadas razões, e revelando coisas novas. Mas eu seguiria tentando. Sempre!

de: **Jacques Fux** <jacfux@gmail.com>
para: **Agnes** <*****@gmail.com>
data: 6 de janeiro de 2014 08:54
assunto: Novo livro!
enviado por: gmail.com

Olá, Agnes!

Tudo bem? Espero que esteja tudo bem com você e com sua família!

Tenho acompanhado algumas de suas notícias pelo Facebook! Que bom que está dando tudo certo com sua vida acadêmica e pessoal. Espero que defenda rápido seu doutorado em direito, volte da Alemanha, e que passe em algum bom concurso público.

Então, Agnes, estou escrevendo um outro livro. Você viu que eu virei escritor, né? Ou pelo menos estou tentando. Na verdade, não tenho a menor ideia do que é ser um escritor (nem do que é Literatura). Talvez seja essa insatisfação diária e essa busca quase sufocante por alguma beleza. Talvez seja essa tristeza, essa decepção e esse desencontro eterno narrados através de sublimes e poderosas palavras e referências. Não sei. Espero que pelo menos depois do Prêmio São Paulo eu finalmente possa ser lido por mais gente e possa continuar trabalhando na literatura que acredito. Para mim é muito

importante ter coragem e tentar fazer algo diferente.
Vamos ver o que o futuro me reserva.

Bom, eu queria te fazer uma pergunta meio íntima e pessoal, espero que responda. Não precisa ter dedos comigo não. Meus muitos anos de terapia e literatura já me fizeram ter certeza de que nunca vou ser capaz de me entender, ou de entender o outro. Mas vou seguir tentando. Sei que já faz muito tempo, que outros tantos momentos já preencheram as suas memórias e as suas lembranças, e que qualquer tentativa de recuperar um passado, o nosso passado, é fugidio e inútil, mas queria que se lembrasse de nós e de alguns momentos específicos (e hoje engraçados). Queria saber se você já brochou comigo e como foi.
Pode e deve ser extremamente sincera, tá? Você vai ver que eu fui.

Eu também escrevi sobre as nossas lembranças da época. Fui bem honesto, mas acabei floreando um pouquinho em homenagem à literatura. Envio em anexo o capítulo que escrevi, ok?

Bom, a grande questão que coloco aqui é de como lidar com um "ser" (no caso eu e você) que não é nem existente nem inexistente, já que transita perpetuamente entre os polos do real e da ficção e, por isso, desmantela todos os limites. Acho, Agnes, que o que está em jogo nesse capítulo sobre "a gente", além do desejo de trabalhar fora desse par, é o de descobrir como esse espaço entremeado de ficção memorialística e realidade funciona, como as interações entre esses campos, que muitas vezes se confundem e se perdem, são feitas. O fictício, acredito, é um "objeto transicional" que se move entre o real e o imaginário. Simultaneamente somos e não somos os personagens desse livro, Agnes. Confuso, não é? Mas está de acordo?

Bom, espero que goste e "entenda" as questões envolvidas na brochada! Aguardo ansioso pela sua resposta.

Boa sorte,
Um beijo,
Jacques

de: **Agnes** <*****@gmail.com>
para: **Jacques Fux** <jacfux@gmail.com>
data: 8 de janeiro de 2014 10:23
assunto: Re: Novo livro!
enviado por: gmail.com

Jacques,

Com que direito você escreve um capítulo sobre a nossa antiga relação e diz que cheiro mal? Você está maluco, Jacques? Está com alguma doença terminal? Qual o propósito disso tudo? "Santa Agnes", a que nunca tomou banho? Você perdeu a noção total.

Eu li seu *Antiterapias* e achei até legal. Mas então você surge com essa questão de que brochou comigo porque eu "exalava odores" de que não gostava? Fedentina? Que ódio, Jacques. Que absurdo. Como assim, quase vinte anos depois você vem falar que é brocha por minha causa?
Se você é brocha, problema seu, não venha me culpar por isso. Fique você sabendo que nunca tive nenhum problema desses com ninguém. Ninguém mesmo. Aí um menino mimado, filhinho de mamãe, que já deveria começar a viver igual gente grande, fica se analisando e, pior, me analisando, e chega à incrível conclusão que os meus odores seriam os responsáveis pela sua brochada. *Voilà*: impotente, insano e complexado, isso que você é.

Essa justificativa que você escreve no e-mail, de que "somos e não somos" simultaneamente personagens do livro é uma mentira, um ultraje e um enorme abuso, Jacques. Como assim? Você conta "nossa" história, nossos momentos, nossas supostas "vinte e oito" transas e me diz que aquela "Agnes" não sou eu? Nem o nome você mudou! Mesmo que eu não seja (e não sou) essa aí, você tem que me respeitar e zelar pela minha privacidade. Eu posso te processar! Você não tem o direito, sequer literário, de me expor assim. Invente, mas invente com quem te autorize, não comigo.

E agora me vem com essa, querendo saber se eu já brochei com você. Claro que sim, Jacques. Já comecei brochando. A nossa primeira vez foi horrível. Você não sabia absolutamente como tratar uma mulher. Você foi péssimo. Desajeitado, afoito, ansioso. Por isso ainda me lembro com certa vivacidade desse episódio.

Eu só queria que aquele momento terminasse rápido e você virasse para seu lado e dormisse. Dá para perceber que eu não tive nenhum prazer. Nenhum. Você não prestou o mínimo de atenção em mim. Foi completamente egoísta e nem se importou em me fazer desejá-lo. Preliminares são importantes, Jacques! Você deveria ter sido mais atento. Nunca conversamos sobre isso, mas agora você merece bastante ouvir essas verdades. Resumindo: foi lastimável.

Jacques, você se esconde com essa sua de que "tudo é ficção". Como assim, ficção? Como assim, literatura? Você não acha que deve se responsabilizar pelo que escreve? Você se protege através da invenção de um personagem "fictício" que seria você mesmo? O que tem de fictício nisso? "Baseado em fatos reais" é balela! Você está expondo a minha privacidade, as minhas próprias experiências, e ainda está inventando muita coisa, e quer que eu aceite isso calada? Não. Isso é uma afronta. Um desacato. Se você publicar esse capítulo, publique também minha resposta. Publique a minha dor, minha consternação e meu desprezo enquanto leitora e mulher. Eu sinceramente não entendo esse seu "realismo sádico", essa sua falta de comprometimento com o outro e comigo principalmente. Nós vivemos uma bela história de amor, mas parece que o que ficou para você foi o meu cheiro. Fedorenta? Que insolência, Jacques.

Sim, eu me lembro de você me cheirar o tempo todo e isso me dava asco, ojeriza, aversão. Eu tentava ser educada com você, tentava te mostrar que havia mais coisas envolvidas no sexo, como companheirismo, amizade, trocas mútuas, carinho, envolvimento. Mas você era um menino bobo e fresco que simplesmente se incomodava demasiadamente com os cheiros. Você nunca conseguiu romper os seus laços familiares e culturais. Nesse nosso desencontro você revelou toda a sua incapacidade, imaturidade e carência.

E muitos anos depois escreve para dizer que não gostou do meu cheiro. O que é isso? Quer expiar a sua culpa? Quer encontrar uma justificativa exterior para a sua brochada? Sua analista mandou você me escrever? Acho que agora eu finalmente entendi o que a Arendt uma vez chamou de "fuga à impotência". Você com todo esse seu suposto "poder fálico" de autor e escritor acaba se refugiando num tipo de "opressão através da escrita", sustentando uma história absurda comigo, e com suas outras "personagens reais", por trás de uma miserável brochada. A culpa é sua, só sua, de mais ninguém. E ainda me vem com toda essa análise histórica, literária, psicanalítica, tentando se convencer, e ludibriar o leitor, de que alguma coisa séria estaria por trás dessa questão.

O que tem de sério nisso tudo é que nunca a mulher teve voz. Nunca a mulher falou e foi ouvida. As histórias dos "vencedores" sempre foram narradas só por vocês e a derrota atribuída somente a nós. (Inclusive a culpa por todas as brochadas do mundo.) Então, publique o meu repúdio, Jacques. Publique a minha cólera por ter sido chamada de fedorenta e por dizer que a brochada foi minha culpa. Volte para sua analista e procure por lá as verdadeiras respostas para essa questão. Nunca mais atribua a mim, ou a mulher nenhuma, a razão de sua triste e neurótica vida. Vida que agora ressurge disfarçada de literatura.

Sobre a patética "brochada" que narrou, Jacques, tenho que admitir que você conseguiu me fazer rir. Talvez um riso muito nervoso e perturbador por não conseguir te entender. Onde você quer chegar com isso tudo? Você quer se expor para quem? Você quer mostrar que é maluco por quê? Será que fazendo isso você vai conseguir chegar ao extremismo literário e ineditismo que persegue, mas às custas da dor dos muitos que você exibe como as suas "criações"? Essas análises históricas e literárias são verdadeiras ou são apenas uma forma de crítica injusta e vazia das coisas de que você não gosta? De que você não gosta ou que não compreende? Será que só você está perscrutando esse ineditismo e se considerando mais especial que os outros? Vai lá transar com suas namoradas e pensar na sua "mamãe". Você já está velho para se esconder a todo momento atrás das neuroses e da questão judaica. Já passou do limite do aceitável.

Agnes.

SANTO AGOSTINHO
CARIDADE CONJUGAL

Para santo Agostinho a "doença da luxúria" foi resultado direto da "grande queda". Segundo o filósofo cristão, Adão tinha ereções racionalmente controladas quando vivia no Éden. Após ter desobedecido a Deus, o próprio corpo passaria a contrariar as ordens do homem. Este, agora fraco e amaldiçoado, estaria atado aos desejos sexuais e teria que controlar as suas "partes vergonhosas", que não se levantariam mais em momentos cruciais. "Às vezes, o desejo nos controla sem ser convidado. Já em outros momentos ele abandona o amante e, embora você arda de desejo, o corpo se torna frígido." Agostinho não acreditava que o sexo era ruim, mas a "autonomia do pênis" era uma desgraça que a humanidade teria que aceitar e controlar. Assim, para conter a luxúria que se espalhava pecaminosamente por todo o mundo, os sábios católicos recomendavam a *charitas conjugalis*, a união por amizade, caridade e fidelidade. O amor e a paixão, deixados de lado, eram subversivos, destrutivos e pervertidos.

Maria, a quem os pensadores e historiadores esquecem de mencionar, foi, de fato, a grande responsável pela "queda" de Agostinho. Encantadora, inteligente e muito evoluída para a época, despertou toda a luxúria do grande sábio. Oprimido por tamanha cobiça, Agostinho não era capaz de controlar seu membro durante as tardes que passava com Maria. Apesar das rezas, dos elixires e das sopas frias que tomava, ele não conseguia nunca se compreender. Tamanha ansiedade, apreensão e desejo foram demais para o santo, que, na única noite em que ficaram juntos, não conseguiu se enrijecer. Esse é o doloroso motivo de tanta vã filosofia e religiosidade.

Mas quem deveríamos mesmo santificar era Maria. Que amou Agostinho mais que tudo, e que o desejava como homem, filósofo, santo e cristão. Acredita-se que naquela noite, Maria, além de incitá-lo sexualmente, mostrou toda sua sensibilidade cantando, dançando e tocando flauta doce, coisas que, junto à sua erudição literária, amedrontaram o pobre Agostinho. Depois desse desencontro, Maria ficou um período deprimida, mas conseguiu superar esse sofrimento e foi feliz, casando-se com um carinhoso pagão por amor.

(2001)
Alice

Algum tempo havia se passado sem nenhum novo amor, sem nenhuma nova brochada que merecesse ser relatada. Também não sei se elas tinham vivenciado alguma brochada comigo (os homens não se preocupam muito com isso por ignorância completa). E eu continuava ainda muito ingênuo, idealizando o amor.

Nesse meio-tempo, a internet ia se tornando mais rápida, e eu ia aprendendo com a pornografia virtual. Até aí, nada de novo. Eu ia me excitando ao "conhecer" outras mulheres. Essa questão da valorização do imaginário e da excitação também era recomendada na Roma e Grécia antigas do século IV para tratar os impotentes. Além de sugerir posições diferentes, poções e alimentos, os médicos indicavam a leitura de "contos de amor" e deixar o paciente "cercado por belos homens ou mulheres para estimular o prazer visual". Eu e todos da minha geração, mais de mil anos depois, fazíamos algo semelhante, mesmo ainda não sendo brochas.

A geração dos meus pais, ou avós, tinha acesso diferente à pornografia. Nas primeiras décadas do século XX, o jornal *Rio Nu* aparecia como a promessa erótica e explícita do novo milênio. Em tempos um pouco mais modernos, já tínhamos acesso a *Playboy* e *Ele&Ela*, que circulavam junto a filmes de sexo explícito. Crescemos, ainda, com as pornochanchadas e todas as propagandas sensuais televisivas. Mas nada seria tão rápido, tão promissor e promíscuo quanto a internet. Eu ainda desconhecia essa incrível e inventiva ferramenta, que me faria reinventar novos amores e maravilhosas "Alices".

Escrever é uma forma de relembrar, recriar e talvez consertar (ou jogar merda no ventilador) tudo que deu errado, ou certo demais. O meu narrar é bartleby-kafkaniano, onde nada acontece, nada é muito bem entendido, mas tudo causa estranhamento, faz reviver sensações, emoções e sentimentos. Aqui conto a história das brochadas e dos meus amores perdidos por elas. Ao recontar, revivo momentos de plenitude, sarcasmo e invenção. Dores e sorrisos. Amores e sofrimentos. Como não me lembrar, e não me excitar novamente, daquelas penugens maravilhosas das meninas da minha mocidade? Eu era novo, razoavelmente jovem e podia estar legalmente com as maravilhosas ninfetas. Alice era uma delas. Relembrá-la é revivê-la inteiramente. Não a dor (que já apaguei), mas as muitas emoções plenamente vividas.

Em 1559, o mais importante dos Colombos, Renaldus, fez a maior e mais polêmica das descobertas: *amor Veneris dulcedo appeletur*: vulgo clitóris! Descobrir a América e constatar que o ser humano deu completamente errado foi fácil para Cristóvão, porém descobrir o magnificente clitóris foi fundamental para a construção da cultura (sim!). Mas tal OVNI ainda tem despertado muita curiosidade e só pesquisas mais recentes começam a desvendar esse órgão tão misterioso concebido exclusivamente para o prazer feminino. Nós homens temos que nos conformar com a eterna ignorância frente a ele. Mas precisamos continuar a procurá-lo. Sempre!

O estudo da função e da anatomia do clitóris, deixado de lado por muitos séculos, e até muito mal compreendido por tantos pesquisadores, escritores e pensadores importantes (Freud, por exemplo, e toda cultura falocêntrica), ganhou destaque nesse novo século. Em 1998, fizeram a primeira ultrassonografia do clitóris estimulado e descobriram a gigantesca rede de ligações a regiões nervosas responsáveis pela produção de prazer. O clitóris "redescoberto" era uma metralhadora de prazeres muito mais poderosos que o pobre falo. Nós homens, coitados, atados a imagens pornográficas, fetiches edipianos e a bundas e peitos, não conseguimos nem nos aproximar das inúmeras possibilidades de prazer feminino. Orgasmos múltiplos, clitorianos e vaginais são muito mais frequentes que as nossas pobres gozadinhas. Elas podem se excitar muito mais com um simples toque, um carinho, um beijo, um cheiro, uma fantasia. Um gesto pequeno de afeição, compreensão e delicadeza já pode irrigá-las totalmente. Um toque no seio, um beijo no pescoço, a mão forte na cintura, pernas, rosto... as mulheres são muito mais ricas que os homens! Alice era assim, uma perscrutadora de seus próprios prazeres.

Lembrar-me de Alice é reexplorar a sua penugem *sui generis*. Se por um lado ela depilava os contornos dos inebriantes e suculentos grandes e pequenos lábios, por outro reinava uma pequena floresta acima do *amor Veneris dulcedo appeletur*. E mais: tenho certeza de que ela alisava sua lanugem. Fazia chapinha nos pelos pubianos! Excelente. E foi com Alice, em meio às felpas e calvícies, que talvez tenha revivido o Renascimento ao descobrir que de fato a paixão é uma doença, uma perdição. Descobri as pequenas e dolorosas mortes em função do amor e da busca desenfreada pelo gozo. Pela loucura do desejo carnal. Só os castos viveriam mais, como conclamava a Igreja? Eu prefiro, então, morrer bem cedo.

Acredito que a história da Igreja, com suas privações, recalques e regras, trataria sigilosamente somente de uma questão: a brochada. Sim, a grande e poderosa instituição religiosa guardaria os inúmeros e não revelados segredos da impotência religiosa. Essa seria a razão da castidade, das privações, do olhar pecaminoso em relação ao sexo. (Isso também vale para todas as outras religiões que censuram o prazer, coíbem a exploração dos corpos e acentuam diferenças e preconceitos entre os sexos.) Um resumo bem didático de toda perversão católica (e de todas religiões) seria assim: algum papa (rabino, monge, pastor etc., não importa) brocha, em algum concílio esquizofrênico, resolveu (e foi apoiado por outros brochas) banir o prazer e priorizar o pecado. Certamente, como podemos constatar, deu e tem dado muita merda.

Além disso, a obrigatoriedade institucionalizada das mulheres se cobrirem totalmente desencadeou ficções e depravações quiméricas. Lacan acertou em cheio: "O desejo vem da falta" e isso é constatado todos os dias nas relações humanas. O que mais se esconde, mais se quer ver. Um "lascivo pé", como já diria Boccaccio, era o singelo fruto proibido de que necessitavam os voyeurs e os ficcionistas para edificarem perturbadas histórias de amor, sexo e loucura. A Igreja continuava comparando a mulher à demoníaca Lilith e recomendando precauções para se proteger desse desejo diabólico. Do desejo impotente do cânone religioso.

Talvez a primeira das milagrosas dietas contemporâneas tenha sido instituída pela Igreja. O "regime de viver" queria afastar o homem da alternativa do prazer e da fruição de seu próprio corpo e dos seus membros.

O homem, imagem e semelhança de Deus, "causa primeira", não podia se perder em meio aos prazeres mundanos da carne. Uma criação totalmente paradoxal dos brochas. Seria inimaginável conceber Deus se masturbando como Onan e desperdiçando o sêmen pela terra? Ou Deus penetrando Lilith por trás, apenas para seu bel-prazer? Esse regime insano de (des)viver incentivava "as sangrias na veia de braços e pernas, tomar caldos de alface gelados, comer grãos de cânfora e cicuta, massagear os rins, pênis, períneo e dormir de ladinho, nunca de costas (para que a concentração de calor na lombar não excitasse os órgãos sexuais)", tudo com o intuito de acalmar o satânico apetite sexual. Ainda me espanta esse regime, imaginando um monte de gente religiosa, ou crente, de pau duro, sonhando com lolitas (e lolitos também), mas tendo que tomar caldinho gelado e massagear cautelosamente o proibido objeto de prazer. Pensavam eles em virgens ou em putas? Fodam-se a Igreja e todas as religiões! Só pensava naquela época na Alice e no meu falo sempre duro para ela.

Eu não me importava com nada disso, mas isso permeava o inconsciente coletivo da diversificada sociedade brasileira. Tudo se misturava e se assimilava aos desejos e privações da comunidade. Nós, jovens, queríamos gozar num país católico (com a culpa judaica), repleto de questões e heranças ridículas. Eu não era cristão, mas Alice e as mulheres com quem me relacionava eram. Eu tinha que compreender melhor toda essa esquizofrenia coletiva em relação ao sexo.

Buscando o sabor pelo saber, fui me perdendo em meio às histórias cada vez mais escabrosas. E eu só queria entender a Alice, suas variações de humor e sua dualidade entre prazer/culpa. O ser cristão, enquadrado, perverso e contraditório (aos olhos da Igreja), ao longo da história foi se estragando. Se por um lado tudo era pecaminoso, por outro havia necessidade do "crescei-vos (inclusive o falo) e multiplicai-vos". E aí se instauravam, por vontade divina, a obrigatoriedade e a responsabilidade da ereção. (Ufa! Isso vale para os judeuzinhos também! Vamo-que-vamo Jacozinhos, Isaquinhos, Abrãozinhos, Moisesinhos! Crescei-vos! Sempre!).

Mas a batalha entre sexo e privação pesou para o lado do recalque. Se antes do século XVII o coito era recomendado, desde que não se praticasse com exagero, na Colônia isso começava a ser visto com outros olhos. O sexo passava a ser o responsável por doenças, dores, calores, calos e até, ironicamente, foi considerado uma "doença contagiosa" (a vida não é uma doença sexualmente transmissível, incurável, e que leva invariavelmente à morte?). Claro! A moral cristã vencera: começava-se a tomar muito café e fumar tabaco, que seriam elixires antieróticos, e censuravam-se o chocolate, responsável por calores no corpo, e os alimentos e aromas afrodisíacos. Incentivava-se a brochada, mas também a perpetuação da espécie. Paradoxo? É óbvio que tinha que dar merda!

    Eu e minhas namoradinhas não sabíamos de nada disso, mas claro que os nossos ombros, nosso inconsciente coletivo e nossas ficções eram bombardeados com essas questões de cunho fantástico. Alice, a de penugens de mel, era um encanto. Por ela me apaixonei perdidamente já no primeiro encontro. Ela era bem mais nova, sedutora, com uma bundinha muito bem torneada. Ela foi a minha perdição, minha loucura, minha Lolita, *light of my fire, fire of my loins*. Se eu fosse cristão na época da Colônia, teria que ter tomado galões de caldos de alface para me segurar, pois eu a desejava demais.

    A minha A-li-ce era uma "adolescente" ardente que ainda vivia as incompreensões, dúvidas e incertezas, principalmente em relação aos muitos impulsos e hormônios. "A carne, a arte arde muito." *Adolescente* é um corpo em estado de constante mudança, desejando tudo de todas as maneiras. Analisando a composição da própria palavra, que muito diz da A-li-ce: o radical, que vem do verbo latino *oleo*, está associado ao exalar de um cheiro, de um perfume, de um desejo. Já *olor* é esse sutil e assoberbante aroma encantado de luxúria e devaneio. Ah, como Alice exalava luxúria por todos seus poros... "A brisa levava e trazia sempre o meu olor fugaz", assim cantarolava, sem roupa, a minha verdadeira Lolita.

E mais ainda, ela me atiçava: a preposição *ad*, junto ao verbo latino *adoleo*, significa queimar, arder e consumir pelo fogo em honra de um deus. Um deus do puro e intenso deleite. Ninfa, A-li-ce ardia de prazer e desejos. Muitos devaneios! Também *esc*: o que acontece, o fluir, e que pode ser ligado à palavra evanescer, que se esvai lentamente. E mais: o particípio passado do verbo *adolescente* é *adulto*, precursor. As "verdadeiras" lolitas teriam vivido um passado de provocação e incitação de desejo e luxúria, mas que não voltaria mais, evanescendo ao se tornarem adultas. Todas elas perderiam implacavelmente seus encantos à medida que crescessem. Certo, Nabokov e Carroll?! Ah! como Alice era literalmente uma "adolescente". Tesão, ardência, incompreensão, perfume e eterna mudança. Tudo, infelizmente, extinto.

Mas aqui revivo e recrio Alice como quero! No nosso primeiro beijo senti uma ereção dolorosa, até então nunca vivenciada. Eu tinha amado, transado, mas não tinha imaginado que o meu pênis pudesse crescer tanto assim. A-li-ce despertava o demônio (e como gostava dele) oculto dentro de mim. Os beijos, os amassos, as carícias me traziam até dor física. O meu membro quase explodia em todos os encontros. As preocupações matemáticas e físicas acerca do tempo, do espaço, da existência e da metafísica, que eu tinha na época, foram todas redirecionadas para a irrigação do meu corpo cavernoso. E como ele era irrigado! Assim, naturalmente, nossos corpos adolescentes se encontraram, se entrelaçaram, se fundiram tantas vezes em uma só substância completa, complexa e calorosa.

Eu era apaixonado demais, devoto demais, atento demais. Minha vida se resumia a Alice, ao seu corpo, ao seu cheiro, aos seus encantos. E eu sempre estava pronto, ereto, animado, disposto a tudo para satisfazê-la inteiramente.

Acontece que ela era um ser estranho, solitário, misterioso. Difícil de conviver, mas encantadora nos bons momentos. Doces lembranças. Mas ela foi se desencontrando de mim, e à medida que ela se afastava, mais e mais eu me empenhava em reconquistá-la. Mais e mais eu me dedicava a lhe proporcionar prazeres. Mais e mais era devoto da santa, da Santa Lolita. A-li-ce! Nunca imaginei que nossos corpos um dia se desencontrariam, que meu desejo não fosse tamanho para enrijecer o Jacozinha (por vezes cometo o ato falho de chamá-lo no feminino quando ele não cumpre suas imperiosas funções). Mas isso ocorreu uma vez... e nunca mais nos unimos.

Nossa relação já estava transtornada por brigas, ciúmes, desacordos. Nossos olhares, que tanto trocaram cumplicidades, sutilezas e muito amor, agora competiam e se desencontravam. Eram olhares pesados, fortes, querendo liberdade. O momento em que percebi esse afastamento foi após uma transa. Como todas até então, tinha sido muito profunda e gostosa. Ela gozava, gozava muito, e isso me estimulava, me excitava. Mas eu, ingênuo e ainda muito "feminino" talvez, gostava do carinho após o sexo, dos corpos abraçados, do sentir o calor e o resfriar da matéria unida. Nesse dia, Alice virou para o lado. Sozinha. Solitária. Fria. E essa foi nossa última transa antes da desgraçada brochada, pondo fim ao meu grande amor e iniciando a minha devastação. A devastação que me inseriria futuramente no mundo masculino das transas sem compromisso. Falar da brochada, afinal, é o verdadeiro tema da vida! Então... *all this happened, more or less*... Estava lá inteiramente pronto para dar prazer sem limites. Pronto para levar meu amor ao Olimpo. Pronto para ouvir a sinfonia dos anjos do sexo. Mas eu notei o meu amor ausente. Distante. Disperso. Seu corpo estava ali, nua, *my sin, my soul*. Mas sua alma e seu amor estavam muito longe daquele instante. E eu sentia tudo aquilo, toda dor do desmoronamento do amor, da paixão, do desejo. Eu vivi na pele a epifania e senti que a partir daquele momento eu teria que caminhar sozinho. Solitário outra vez. Errante. Buscando encontrar outro alguém. À procura da minha própria poesia de novo. E de uma mulher para trovar junto e novamente. Essa epifania me mostrou o quanto somos desamparados. E que de fato todo mundo é um universo quase inacessível. (E pensar isso tudo, com tamanha profundidade e filosofia, sem calça, não daria certo mesmo.) A devastação atravessou meu corpo todo e matou meu desejo. Meu

Jacozinho desfaleceu. Colapsou totalmente diante da minha Lolita e de sua não reciprocidade.

E eu tentava inutilmente me ludibriar. Tentava algo que pudesse salvar aqueles últimos momentos. O derradeiro suspiro antes da morte. "Vamos, Jacques, é só mais uma transa. Vai, Jacozinho. Você quase nunca falha. É só mais uma transa com a mulher que você ama. Idolatra. Venera. A mulher que você deseja que seja a mãe dos seus filhos. Mãe? Porra, mãe? Pensar em você logo agora? Agora fodeu. Ou melhor, não fodeu mesmo. Tá bom, esquece sua mãe. A A-li-ce está aqui, de pernas abertas. Vamos! Vamos lá! Mas ela não te ama mais, *boludo*. Não te quer e nem te deseja como antes. Olha, sente, percebe. Ela, o seu pecado, a sua depravação e o seu vício. Ela que está totalmente alheia ao seu amor. Ao seu carinho. 'Hé-lá-á-á-á-á-á! Por força que hei de passar!' *Come on*, Jacozinho, volte para a realidade. O 'real' é o falo e a vulva. Volta. Volta. Volta! Vamos, por favor, acima e avante!"

Mas nada. Nadinha. Nada de para o alto e avante. Nada de "meto dentro as portas, porque neste momento não sou franzino nem civilizado". Nada de "um universo pensante de carne e osso, querendo passar, e que há de passar por força, porque quando quero passar sou Deus!". Nada disso, Pessoa, a brochada de carne e osso não penetra mesmo. Franzino, civilizado e brocha não adianta nada! Foi triste. Decepção diante do amor. A gente brocha também por excesso de amor. Excesso de carinho. Pela não depreciação freudiana da mulher. A equivocada separação entre a mãe e a puta, entre o amor e o sexo. Eu tentava não fazer isso, mas ela me mostrou a realidade. O fim do amor e da ideia romântica dele. Não deu. Não dava. Nunca mais aconteceu com ela. Eu tinha que saber reunir de novo a mãe, a mulher e a puta numa só pessoa. E isso tem me custado muito. A busca pela utopia da completude. Mas, naquele momento, vivendo aquela dor do distanciamento e da incompreensão, Jacozinho não subiu. Não fez *aliá*. Desmoronou, desabou, tombou como Troia, assim como o amor de Alice por mim.

E essa é a verdade, fria e triste, do fim do meu amor e desejo, pela minha Lolita. Será que, por isso, sempre continuarei, à medida que vou envelhecendo, me interessando pelas ninfetas? Esse desejo de completude permanece irrealizado? Ou tudo é apenas perversão, diversão, literatura? Vai saber.

de: **Jacques Fux** <jacfux@gmail.com>
para: **Alice** <*****@hotmail.com>
data: 10 de janeiro de 2014 12:33
assunto: Novo livro!
enviado por: gmail.com

Olá, Alice,

Tudo bem? Espero que sim. Consegui seu e-mail através da Letícia. Somos amigos pelo Facebook.

Já faz tanto tempo que não nos falamos... Na verdade, nunca mais nos falamos depois do término do nosso namoro. Eu te procurei várias vezes, mas você nunca respondeu. Hoje entendo: era necessário pôr um ponto final.

Acho que nos vimos algumas vezes na Pampulha, correndo. Também te vi passeando com seu filho e seu marido por lá. Nunca nos cumprimentamos. Mas acredito que você deva ter me reconhecido e se lembrado (e depois esquecido) de alguns de nossos momentos.

Bom, não sei se você viu em algum jornal, mas acabei me tornando um escritor. Na verdade, tenho inventado um personagem que seria um dos meus muitos "eus". É bem divertida a confusão que eu apronto comigo mesmo. Nada de heterônimos ou pseudônimos. Apenas uma grande, mas extremamente séria, brincadeira com as histórias e a literatura. Claro que ainda estou perdido e não sei muito bem se tenho habilidade e talento para ter algum sucesso nessa carreira. Será que ser apaixonado é suficiente? Será que não conseguir conceber outro caminho, que não o da escrita, é aceitável para virar um poeta? Será que são necessários inspiração e trabalho árduo ou seguir umas receitinhas de bolo para ser publicado? Ter amizade ou ter competência? Não sei. Continuo a minha busca incessante por algo, por alguma coisa, por alguma razão e sentido, seja na minha própria vida ou na literatura de uma forma geral.

Então, Alice, escrevi um capítulo sobre nossa antiga relação. Faço uma análise sincera, histórica e profunda de alguns dos momentos que vivemos juntos. Espero que entenda: é tudo literatura (ao menos, assim acredito) e por isso mesmo é tudo simultaneamente verdade e ficção. Sou "eu" e também muitos "outros" que escrevem esses capítulos. Antropofagia e criação, pelo menos é isso que busco. Envio em anexo esse texto.

A questão que coloco, Alice, é se só é possível capturar algo da relação que vivemos, de forma "um pouco mais real" no interior da ficção – e vice-versa. Ao encontrarmos o nosso imaginário de alguma forma concretizado na ficção, somos capazes de perceber essa existência fora de nós, o que não é possível de nenhum outro modo. Só na literatura. Esses atos "fingidos" de texto, ou seja, a seleção, a combinação e o "como se" dos momentos brochantes escolhidos por mim, permitem que possamos nos aproximar do "real-irreal" do nosso passado compartilhado, Alice. Claro que esse movimento de aproximação-afastamento, que a vida, a memória e a literatura nos impõem, é sempre imperfeito e parcial e acontece nos mais diversos níveis, tornando tudo incomensurável. Por isso, esse "capítulo", Alice, surge a partir e entre nós. A partir das nossas lembranças e momentos e entre esse exato instante em que nada disso existe de forma "real". O que proponho é uma invenção de um "outro" nós.

Gostaria, também, de saber se poderia contribuir com esse meu devaneio literário. Queria saber se você se lembra de alguma brochada que deu comigo. Seja sincera, você verá que eu fui.

Um abraço,
Jacques

de: **Alice** <*****@hotmail.com>
para: **Jacques Fux** <jacfux@gmail.com>
data: 15 de janeiro de 2014 17:11
assunto: RE: Novo livro!
enviado por: hotmail.com

Olá, Jacques,

Realmente faz muito tempo mesmo. E muito me surpreendeu seu e-mail lembrando de alguns de nossos momentos e ainda revivendo uma brochada sua comigo. Um ex-namorado da minha juventude, com quem nunca mais falei ou tive notícias (virou escritor mesmo?), me escreve contando os seus sentimentos mais íntimos e ainda se revela de uma forma tão surpreendente. Intrigante.

Isso aí que você chama de "ficção-real" é literatura, Jacques? Como que um monte de referências históricas e extremamente pessoais se tornaria algo literário, artístico e, talvez, comercializável? Quem vai se interessar, fruir e pagar por essa coisa toda? Essas são suas lembranças, nossas memórias e alguns dos nossos momentos mais íntimos... isso, que você chama de arte, de fato interessaria aos "leitores"? Será mesmo? Não sei.

Sim, eu era uma menina meio perdida, mas aproveitava bastante a vida, coisa que você não sabia muito bem fazer. Eu, mesmo jovem, era muito mais decidida e vivida que você, Jacques. Poxa, como você sabia ser chato e emotivo o tempo todo. Eu tinha que ter muitos dedos com você, era duro. Eu queria mesmo era aproveitar bastante o meu mundo ilimitado de possibilidades. Você vivia no seu mundinho fechado judeu e queria que eu me adaptasse. Como vocês ainda continuam enclausurados a costumes antigos e valores tão vazios? Como vocês ainda não se permitem experimentar os prazeres e as loucuras da miscigenação brasileira? Por que você era tão preso à sua família, e ainda queria me privar de tudo que eu podia conhecer de novo? Você era demais, era o tempo todo, era muito amor, muita certeza, muito carinho. Eu queria respirar, viver outras vidas, outros sonhos, conhecer outros homens. Você queria me fechar nessa inconcebível cultura judaica em que eu nunca iria me enquadrar. A grande verdade é que te achava imaturo, Jacques, e que não teríamos futuro. Mas, confesso, aproveitamos um pouco.

Você quer saber se eu brochei com você? Sim, várias vezes. Todas as vezes que você queria ficar em casa em vez de ir para uma balada. Todas as vezes que queria ficar lendo ou conversando com seus amigos, eu ia me desencantando da gente. Mesmo sendo a "A-li-ce", já sabia o que queria para mim, e era muito mais do que você podia me oferecer. Brochei, mas brochei com a possibilidade de passarmos a vida juntos. Nós transamos muitas vezes, e em todas eu estava superexcitada, mas os encantos da novidade que você me proporcionava foram aos poucos desaparecendo.

De perto, Jacques, bem de perto, eu via a sua fragilidade e a sua insegurança e isso ia me afastando de você. Isso me fez "virar de lado" após nossas transas. Isso tudo me fez sair da sua vida e começar uma outra, buscando novas possibilidades e fantasias...

Sinto muito que ainda reviva esses momentos. Lamento que se martirize pela sua brochada e pela nossa separação. Isso tudo para mim é passado. Também não saberia responder a sua pergunta tão "literariamente" como você se propõe. Meu caminho foi outro, o mundo dos negócios, larguei as humanidades... não sei se sabia disso. Mas, ao ler seu e-mail, sua "brochada", sua "devastação", e essa sua busca por alguma explicação, lembrei-me de uma escritora que gosto muito, Marguerite Duras. Talvez você esteja tentando "fazer surgir o impossível no lugar onde havia apenas impotência". Sei lá. Não entendo muito bem, mas gosto muito da função da escrita como essa busca pelo "desconhecido", coisa que tanto perturbou Duras e outras escritoras. Talvez seja isso que você esteja perscrutando ao escrever esse livro, e ao se revelar tão despido através dessa sua "brochada".

Mas escrever sobre um passado morto, apagado, diante de tantas novas oportunidades e possibilidades que o mundo nos apresenta todos os dias, para quê? "Escrever. Não posso. Ninguém pode. É preciso dizer: não se pode. E se escreve", já flanava sensatamente Duras. Eu me pergunto:

o que eu posso te proporcionar e te fazer entender tantos anos depois? Que espécie de "escritor" você quer ser? O que você não pode, e mesmo assim, insiste em falar? Você mistura a minha vida, a sua vida, as nossas lembranças, as suas mentiras e sustenta que estaria usando a voz de um dos seus "eus"? Está me parecendo mais um grande devaneio. Uma visita a um lugar, e a uma vida, em que você não foi convidado... desejo boa sorte, de qualquer forma.

E mais uma coisa: quem faz chapinha nos pentelhos é a senhora sua mãe, Jacques.

Alice.

SÉCULOS XIII–XVI
NOTÍCIAS POPULARES
EXTRA! EXTRA! EXTRA!

A questão da consumação do casamento sempre foi assunto polêmico e muito discutido ao longo da história cristã. Entretanto, até o século XVI, não havia um consenso para o termo "consumação". Durante algum tempo, argumentou-se que apenas depositar o sêmen no "vaso" da mulher era suficiente. Posteriormente, obrigou-se a penetração, mas sem a necessidade da liberação do *verum semen*, o que ficou conhecido como *satiative copula*. Como o sexo sempre foi visto como um grande pecado, alguns casamentos durante épocas foram autorizados mesmo sem relações sexuais. Isso ficaria conhecido como o "casamento santo". Por fim, a consumação adotou a conotação conhecida hoje em dia: eram necessárias a "penetração e a emissão" para atestar a união por Deus.

Quando havia uma desavença entre o casal, o pedido de anulação podia ser levado a uma corte especializada. O assunto era tão interessante e curioso que era noticiado nos jornais, e as pessoas especulavam bastante sobre a suposta brochada do "senhor" em questão. Algo mais ou menos assim aparecia nos jornais da época:

"Extra! Extra! Extra! A hora da verdade chegou! Hoje às três da tarde, conforme acordado entre Reclamante, Reclamado e a Suprema Corte, foi confirmada a impotência do sr. Mâncio e decretada a anulação de seu sagrado matrimônio.

Dois meses atrás, a exma. sra. Marie Hélène Mâncio entrou com um pedido de anulação de seu casamento. Após a constatação da existência do hímen, mesmo após um ano de união, o réu foi chamado para uma primeira análise por especialistas. Nesse dia, o membro do sr. Mâncio foi rigorosamente avaliado e, mesmo com a presença de meretrizes convocadas pela Corte da Igreja para excitar o requerido, o membro não ficou ereto. Sr. Mâncio exigiu um novo julgamento, desta vez com a presença da sua mulher, já que argumentou que era um cidadão temente a Deus e que ele só se 'elevaria' glorificando o Senhor. Aleluia!

Sr. Mâncio chegou à Corte esbanjando confiança. Disse até que naquele mesmo dia iria engravidar sua esposa. Porém, após duas horas de frustradas tentativas, ajuda manual, rezas, bebidas afrodisíacas, sr. Mâncio desistiu do recurso e se recolheu, envergonhado e vaiado ao sair da Corte. Nunca mais se ouviu falar do professor, que diz ter se dedicado à poesia e à arte contemplativa após esse fatídico momento. (Sobre a qualidade de seus escritos, bom, segundo Pope e Swift, os brochas seriam péssimos escritores pela falta de vontade e desejo nos seus personagens.)"

Acredita-se que a sra. Marie Hélène Mâncio, apesar da vergonha e humilhação por ter se apresentado publicamente, sentiu-se aliviada. Ela, apesar de toda carga cultural que carregava, era uma mulher forte, independente e decidida. Reivindicava a possibilidade de ter prazer. Parece que sua inteligência amedrontou o temente sr. Mâncio. Ela foi uma das primeiras mulheres a se dedicar à matemática e fez importantes descobertas, que, infelizmente, nunca conheceremos. Conta-se que viveu razoavelmente feliz com um filósofo que lhe deu dois filhos. Mas nunca gozou.

(2010)
Carla

Muitos dizem que só na língua portuguesa haveria a palavra saudade. Apesar de outras culturas sentirem essa poética sensação, só o português poderia expressá-la fidedignamente. Muito bonito. Bastante poético, mas totalmente inverossímil. Mentira. Truco. Falácia da autoridade. Garanto: a única palavra que só existe em português é brochar! Outras línguas apenas mencionam o ato como impotência ou flacidez. (Estritamente falando, a primeira vez que se oficializou essa questão foi somente no século XVII, quando surgiu a palavra *impotence* no *Oxford English Dictionary*.) As outras culturas, imponentes e perversas, não conseguem se divertir com a impotência. Quando acabam por vivenciá-la, viram produtoras desses déspotas e malucos pouco esclarecidos. Aí querem dominar tudo, todo mundo, para preencher o vazio da irrigação dos seus membros adormecidos. Lastimável. Qual seria, portanto, a origem do termo em português? Um grande tabu, claro.

O famigerado, inóxio e notável termo brocha (ou broxa) faz referência a um pincel. O mesmo termo também existe em francês, *broche*, com várias acepções, exceto as sexuais conhecidas por nós. Essa belíssima palavra vem do latim: *brocca, broccus*, que também designa um pincel. No espanhol é uma ferramenta geral para pintura e pode ser usada vulgarmente para dizer "adular". Estar "à brocha" é estar em perigo, em apuros, e também "puxar o saco", segundo alguns dicionários etimológicos. (Talvez no italiano o termo seja o mais próximo. *Moscio*: flácido, fraco, lânguido, mas o seu uso não é tão alegre e divertido quanto no português.)

Assim, o brocha é aquele que, munido de seu pincel, no caso o seu notório e importante falo, apenas pincela, adorna, ornamenta e maquia a imagem, a tela, a pintura, sem, de fato, perfurar, penetrar e trespassar. (Em desacordo com os autores e dicionaristas Aurélio e Houaiss, brochas convictos, que costumavam censurar traduções e diminuir a beleza das obras de arte e do sexo.) Talvez a delicadeza de muitos pintores, a sublimação diante da arte, da beleza, da graça, e essa poesia visual, renascentista e romântica, estejam mais ligadas à contemplação meditativa que à execução pragmática do ato sexual. Por isso esses primeiros indícios de correlação entre pintura/pincel/brocha.

Além disso, o pincel nos remete a uma fragilidade, a uma maciez, a uma graciosidade não enrijecida.

O homem brocha, com seu instrumento de pintura, pode circundar, brincar, bolinar a região que talvez deseje, mas não é capaz de penetrar. Torna-se impotente diante dos mistérios e prazeres da arte/sexo. E, como o próprio termo em espanhol faz referência, o brocha está sempre em apuros. Ele se sente ameaçado pelo outro e por si mesmo. O outro incomoda, perturba, desestabiliza. Será que a referência ao ato de "puxar o saco" é literal? Diante de um brocha, e na tentativa desesperada do outro, ou do próprio, de ingurgitar o pequeno pinto, distende-se e puxa-se com irritação, volúpia e ansiedade o pobre saco do sujeito. Assim, além da dor moral, uma agonia física horrível percorre o corpo do brocha (sou testemunha).

E eu, até então, apenas um jovem brocha, só tinha brochado pela perda e pelo desencontro do amor romântico. Idealização do amor. E isso não tinha sido tão grave assim, pelo menos o ato em si (já os pés na bunda tinham sido extremamente dolorosos). Diante da brochada com alguém que se ama (ou se amava), apesar da sua própria reação literal de impotência e desespero, eu estava diante daquela pessoa que era (ou tinha sido) importante, sincera, apaixonada. E isso não desencadearia grandes paranoias e problemas. Acho que elas não me depreciariam muito. Nem nunca escreveriam sobre isso (até receberem essas minhas cartas).

Mas depois desses desencontros amorosos, de ter sofrido bastante na desesperança de encontrar sua outra metade da alma, separada por Lilith, e vagando por esse mundo afora, os impulsos começam a te dominar. E você quer e precisa espalhar seu sêmen. Na eterna juventude masculina (ainda mais agora, depois da libertação pós-Viagra) você quer possuir todas as bundinhas, conhecer todos os cheiros, sons e experimentar os malabarismos de todas as mulheres. Eu sempre vivo a curiosidade pelos mistérios do outro: Como aquela mulher seria na cama? Qual o seu cheiro? Qual sua dor? Como ela canta durante seu prazer? Puta ou mãe? E quando você se joga nesse mundo repleto de possibilidades sexuais, tudo pode acontecer. Prazeres e encontros místicos, além de inúmeras brochadas hereges. Assim me joguei de corpo (e sem alma) no desconhecido. Eu agora queria transar, transar muito e sem compromisso. Sem amor. Sem buscar a mulher-mãe encantada. E claro que viveria muitas novas sensações e desilusões. *A ver*.

Algumas coisas começavam a me incomodar, como já havia levemente percebido com minhas ex-namoradas. Antes de ser cavaleiro errante, essas "pequenas" coisas eram relevadas, pois havia amor, inocência e juventude. Relevava os cheiros, odores e perfumes. Não me importava tanto com as lanugens, pelos e penugens. Nem com neuras e loucuras. Tudo era parte das novas descobertas e experimentações.

Entretanto, com o passar do tempo, encontrar mais coisas interessantes em uma mulher de que você realmente gosta, do que coisas que de fato te incomodam, começa a ser cada vez mais difícil. E muitos desencontros acontecem. Mas será por quê? Não era só conquistar, espalhar o sêmen (aprisioná-lo em Vênus) e "sair para a galera"? A gente, animal-homem, não tinha sido arquitetado para copular o maior número de vezes e pronto? Não somos os únicos animais (macho e fêmea) prontos para transar a qualquer momento? Amor, literalmente, não seria o "caralho" enrijecido e nada mais? Infelizmente, ou felizmente, não.

Acho que ao adotarmos a posição culturalmente ereta (sabe-se, antropologicamente falando, que se não aprendêssemos a ficar em pé desde pequenos, incentivados por nossos pais e/ou educadores, continuaríamos "de quatro". Basta ver a história e os experimentos com meninos que se desenvolveram sem a "interferência" cultural), depreciamos o sentido olfativo. Antes vivíamos muito mais próximos do sexo e dos odores do outro. Nosso faro podia sentir o odor forte e inebriante que exalava da genitália do nosso par. E aí, instintivamente, despertávamos o nosso próprio desejo, libertando o animal que habita em nós. Naquele instante, cheirando o sexo do outro, comprovaríamos, ou não, a compatibilidade dos perfumes, aromas, e até da própria fedentina, alcançando assim a plenitude sexual.

Mire e veja: o encontro amoroso/sexual pleno é raríssimo. Talvez impossível. Mas a busca anterior por odores que melhor nos aprazíam tinha uma maior possibilidade de êxito. Podíamos sair cheirando por aí muito mais genitálias que hoje em dia, mesmo com a libertação sexual, e acabaríamos encontrando vários pênis e vaginas excitantes.

Mas então o ser humano, burro, resolve levantar, adotar a posição de conquistador e imperador do reino animal. Resolve recalcar o olfato e passa a cultuar a imagem e a se livrar dos seus próprios cheiros. O homem se veste, se pinta, se perfuma. Toma banhos, depila e repugna seus odores animais. E aí começa a se desencontrar. Perder-se completamente em função da cultura que o oprime. Não é somente o erotismo anal que tomba como vítima da repressão orgânica, mas toda sexualidade, obrigando a desviar-se do objetivo sexual em sublimações e deslocamentos libidinais. Estamos completamente perdidos dos maravilhosos e imaculados odores do Paraíso, isso sim nos ensina a história de Adão e Eva. Mas basta, tão somente, iniciar qualquer cópula que esses cheiros e incompatibilidades voltam a aflorar. Não há como enganar o diabo dos cheiros. Isso nunca poderá ser escondido, mesmo com os perfumes mais modernos. Não há como ludibriar o instinto. E assim, depois da privação do Paraíso, os desencontros se propagam. E eu fui personagem atuante (não tão rigidamente) desse novo Gênesis.

Ainda como amador, começava a conhecer todos os aromas, posições e penugens. Algumas com voracidade, com tesão, com vontade. Outras nem tanto, mas o Jacozinho continuava agindo instintivamente. Muitas vezes não com tanta volúpia, meio flácido, mas penetrante, e desaparecendo depois do coito. Aquele tesão de momento, quando você só conhece os odores falseados pelo álcool, pelo perfume, pelas fantasias, se esvai totalmente depois do gozo. Lógico que o beijo te dá um indício do que pode acontecer, de como podem ser os intercursos, mas nunca uma certeza. E muitas vezes o sexo é bom, animal, poderoso. As diversas drogas entorpecem a visão e recalcam os cheiros. E a ereção e a cópula acontecem. Mas não há admiração, não há intimidade, não há parceria. Amor, paixão, carinho não foram descobertos. E quando a consciência volta, seu corpo quer partir. Desaparecer. Esquecer o próprio cheiro que se instala. Senti-me assim muitas vezes. A felicidade de se achar especial, animal, humano ao se iludir pelo desejo do outro com quem copulou. Você se sente poderoso por ter espalhado seu sêmen, mas na verdade, depois do coito, você se vê completamente vazio, triste e sozinho. Mas você se engana e continua imaginando e enaltecendo a arte e a beleza estética e ignorando mais ainda os cheiros e o amor. Perdido, esquecido e não mais no Paraíso.

    Em um desses momentos de contemplação única, reparei pela primeira vez na Carla. Ela tinha atributos físicos que me atraíram muito. E também algum encanto no olhar. E meus hormônios estavam a mil. Os meus espermatozoides migravam para o córtex frontal (justifico assim), fazendo uma baderna danada e me impulsionando a copular muito e sempre. Carla se atraiu, acho, por meus encantos, já não tão amadores assim. E ela começou a me notar. Conversamos algum tempo, rimos bastante, e começamos a nos tocar. É sempre assim o jogo da sedução. Os mais ridículos assuntos rendem horas, as mais terríveis piadas proporcionam momentos hilariantes, e qualquer episódio banal é desculpa para tirar uma casquinha. Carla havia recém-chegado a Paris, e eu já era um boêmio em meio às muitas festas e atrativos da cidade do amor e das luzes. Tudo mágico, encantador e bonito. E seria muito mais se houvesse algum sentimento. Mas eu só queria conquistá-la e levá-la para meu pequeno quarto. E, depois de muita lábia, consegui um beijo. Nada de fascinante, pelo contrário. Algo se passou em mim, mas eu não quis acreditar. Beijo desencontrado em meio a estranhos odores.

Homem é burro mesmo. Com força. O beijo já indicava que a gente não tinha compatibilidade nenhuma em matéria de cheiros. Eu detestei o cheiro dela. Não combinava. Não batia. Não havia desejo nenhum. Devia ter fugido logo dali. Dado uma desculpa esfarrapada e nunca mais voltado a tentar nada com ela. Mas a cultura machista te oprime. A carga nos ombros te leva a continuar, a prosseguir na posição de macho, de dominante, de rei. E, após muitos beijos desencontrados, fomos embora para casa. Eu sabia, inconscientemente, que não era uma boa tentar copular com aquela mulher. Se eu fosse um cachorro, ou mesmo o animal-homem de quatro, com certeza teria dado uma cheiradinha na genitália dela e passado para frente. (Será que ela sentiu o mesmo?) Não é isso que vemos constantemente os animais fazendo? Às vezes eles se engraçam e copulam, outras não, e fogem. Eu não tinha me engraçado, mas tentei mesmo assim, contando com a potência milenar do Jacozinho. Ao despedir-me dela, eu deveria ter dito "adeus", "até logo mais". "Até quando nossos cheiros se encontrarem em alguma dimensão paralela a essa." Sei lá. Mas perguntei se ela não queria me acompanhar até meu quarto. "Para quê, seu imbecil? Já não sentiu na carne o cheiro putrefato do desencontro? Claro que não vai ser diferente sem roupa. Vai ser muito pior." E ela infelizmente entrou no meu quarto. Ela, infausta, aceitou meu convite e começamos a nos despir. "Vamos, Jacques, você dá conta. Esquece o cheiro e manda ver!" E a cada peça de roupa tirada, mais um odor fétido se levantava e se espalhava no meu pequeno palácio de Versailles. E mais o Jacozinho se protegia e se escondia do diabo do corpo dela.

E, pior ainda, não foi minha surpresa ao ver que, além do cheiro ruim, habitava em sua genitália uma gigantesca floresta amazônica, repleta de outros cheiros até então desconhecidos. Os pentelhos, para mim, a associavam a um macho, sei lá. Então era tudo terrível. Cheiros e penugens que não combinavam com minha ideia de cópula. A gente se acostuma a tudo, exceto à fedentina. Será? Acho que sim. O mundo dos odores é muito mais rico que o mundo das imagens. Com o olfato exacerbadamente desenvolvido, caso de alguns Asperges, o mundo se torna muito mais rico e fértil. E eu estava ali, limitado pelo domínio podre do olfato e pela visão terrível da Amazônia, ainda infelizmente imaculada. Em muitas outras épocas (e retornando como um modismo agora) já haviam atribuído à vastidão de pentelhos uma pitada erótica. O cabelo é um componente de excitação sexual e, por isso, muçulmanas e judias ortodoxas o escondem para mostrar somente aos seus amantes. Eu não sentia nada disso. Aquele tanto de pentelho me aterrorizava. Senti-me exatamente como o grande pensador da Era Vitoriana John Ruskin, que ao ver os vastos pelos pubianos de sua mulher, na noite de núpcias em Veneza, fugiu desesperadamente se recusando a consumar o casamento. Ele só tinha visto mulheres nuas retratadas nas estátuas gregas, que são sempre depiladas, e por isso assumira que todas as mulheres eram assim. Eu sabia que algumas mulheres tinham penugem, mas não tanto! E cercado por pentelhos e cheiros, acabei repudiando tudo ali. Eu precisava desaparecer logo dali, como Ruskin. Mas foi impossível. O quarto era meu.

Então meu filme queimou. *It was a pleasure to burn.* Jacozinho não subiu. Dessa vez eu nem tentei conversar conscientemente com ele. Acho que fui mais amigo e parceiro dele do que um repreendedor. "Eu te entendo, Jacozinha. Entrar ali naquela floresta vai ser muito difícil mesmo. E perigoso. Além disso, tem muitos monstros malcheirosos na vizinhança. Você teria que ser muito corajoso, quase um herói. Na próxima, a gente dá conta, é só escolher direitinho, não é? Prometo não fazer você passar nunca mais por esse embaraço. Dorme quietinho aí. Deus te proteja." Assim, Jacozinho não esboçou nenhuma, sequer nenhuma reação.

Mas esse evento da brochada tinha sido único. Aquela era a primeira vez que eu estava com essa menina. E não é que se eu ficasse lá, tranquilo, como algumas outras vezes do passado, o Jacozinho iria se animar e se metamorfosear em um guerreiro. Não. Ele não subiria nunca e eu tinha que aceitar seus desígnios. Os homens, em sua maioria, não admitem totalmente o fracasso. Dizem que em alguns momentos não se enrijeceram, mas, minutos depois, estavam prontos para a batalha. Eu admito: nesse dia eu infelizmente vivi o total e perpétuo fracasso. Jacozinho entrou em greve naquela noite, em Paris. Uma greve somente comparada às das universidades públicas brasileiras e francesas. Ele não subiu mesmo. Nenhuma gota de sangue foi direcionada ao corpo cavernoso. Acho que todo sangue subiu direto para minhas narinas, estimulando ainda mais a recepção do odor pútrido que exalava dela.

Confesso que foi difícil, triste e penoso. Confesso que não me rendeu risadas, mas horas de terapia comigo mesmo. Sorte, sorte mesmo, que acabei conhecendo, uma semana depois, a Juliana, e me tornei, de forma surpreendente, o novo Príapo de Paris!

de: **Jacques Fux** <jacfux@gmail.com>
para: **Carla** <*****@gmail.com>
data: 15 de janeiro de 2014 01:24
assunto: Novo livro!
enviado por: gmail.com

Olá, Carla,

Tudo bem? Espero que se lembre de mim. Nos conhecemos na França. Você estava chegando para seu doutorado em Belas-Artes e eu estava partindo.

Como anda tudo por aí? Já voltou para o Brasil ou ainda vive a eterna "festa" de Paris? Sinto muitas saudades, mas nunca tive coragem de voltar.

Então, estou escrevendo meu segundo livro, motivo pelo qual te escrevo. Nessa nova ficção chamada *Brochadas*, faço uma reconstrução de alguns momentos "interessantes" da minha vida, e me lembrei de um caso que aconteceu com a gente lá em Paris. Escrevi um capítulo sobre isso e estou te enviando. Na verdade, estou enviando o texto para cada uma das minhas "personagens", na esperança de transformá-las em protagonistas, e também autoras, do meu livro. Gostaria que o lesse e, se quiser e puder, que escrevesse uma resposta me dizendo se você também brochou comigo naquela noite.

O capítulo sobre você está um pouco "pesado".
Lamento a sinceridade, mas como estou desenvolvendo esse projeto, não posso mais fugir dele. Acredito profundamente na literatura, na sua força, na sua beleza e no comprometimento total do autor. Gostaria de tecer alguns comentários sobre a minha ficção para tentar amenizar a sua surpresa e possível mal-estar.

A questão que trabalho no meu livro é a da ética da ficção de uma forma geral. Acredito que a invenção prescinda de alguma "realidade" como ponto de partida e seja sempre uma espécie de viagem, ora aproximando-se, ora distanciando-se do "real", do "imaginário" e da própria literatura. O que poderia fazer a ficção com aquilo que não é ficção? O que pode fazer a ficção com aquilo que é de fato ficção? Quais seriam os nossos limites, nós, seres autonarradores, quando contamos a "nossa" própria história, e ela acaba se aproximando do mundo não ficcional? Mas será que contar histórias é sempre produzir ficção, mesmo quando queremos dizer o que realmente se passou? O leitor, Carla, no entanto, jamais descobrirá a linha tênue que separa a ficção da realidade, e nem saberá se o narrador-brocha é mesmo o próprio autor-impotente. E mesmo você, "personagem", nunca saberá o que "eu", também personagem, estou fazendo de verdade, mesmo usando os nossos próprios nomes e fazendo referência a um momento que vivemos juntos.

Acredito que, entre os limites do real-que-existiu e da realidade que se (re)escreve e se (re)inventa, não deve haver, pelo menos não no plano da arte e da literatura, uma (des)valorização de um sobre o outro, mas sim uma troca contínua, retroalimentada, inventiva e consciente de sua interdependência mútua. Chamo isso de imaginário-fictício-real. Nós dois somos ao mesmo tempo criadores e obra! (Complicado, né? Mas pode desconsiderar tudo isso que escrevi. Verborragia literária e inútil.)

Assim, a sua presença como "personagem" real-que-não-existe engrandece os limites da ficção. Essa relação, que muitos acreditam ser oposta, entre ficção e realidade, implicitamente já pressupõe que ficção e realidade são indissociáveis. Você e eu, Carla, como personagens e pessoas reais, existimos e não existimos simultaneamente. O problema que levanto ao citar seu nome é o mesmo, invertido, da teoria do conhecimento do início da Idade Moderna: como pode existir algo que, embora exista, por exemplo, na literatura, não possui o caráter de realidade? Por que só a "nossa história" seria a realidade, e eu poderia ser processado por escrever essas coisas, e por que a história lá dos vampiros, ou dos psicopatas, que tanto faz sucesso, é somente pura invenção?

Bom, é isso. Quem sabe essa inventividade teórica toda que ofereço possa esclarecer que não estou fazendo nenhuma ofensa à Carla desse e-mail nem à Carla do capítulo e muito menos à Carla real, se é que existimos de fato. Espero que leia o texto, e, se puder, responda o que quiser.

Abraço,
Jacques

de: **Carla** <*****@gmail.com>
para: **Jacques Fux** <jacfux@gmail.com>
data: 22 de janeiro de 2014 03:22
assunto: Re: Novo livro!
enviado por: gmail.com

Não estou entendendo o nível de imbecilidade sua. Como alguém escreve para uma pessoa com quem passou apenas duas noites e conta abertamente o motivo de sua brochada? Você ainda tem a cara de pau de colocar a culpa dessa merda em cima de mim? Está louco? Perturbado? O que você anda fumando ou cheirando? Ficou com medo de mim e de um monte de pentelhos? Tadinho. Você não passa de um covarde e de um machista.

Depois você ainda escreve um e-mail cheio de blá-blá-blá para falar do "imaginário-fictício-real" e que eu seria uma "personagem ficcional" da merda do seu livro de ficção. Você acaba comigo, diz que nunca sentiu um fedor tão grande assim, descreve e debocha da minha boceta e depois se esconde no que diz ser "ficção"? Como assim? Tem coisa mais real do que falar o nome da pessoa, o ano e o lugar onde se conheceram, o cheiro, o corpo e como foi essa primeira noite juntos? E as pessoas que nos conheceram? E as pessoas que me conhecem, o que vão achar dessa "imagem" falsa que criou de mim? Você é um maluco, perverso, pervertido e brocha. Nem adianta te xingar de brocha, já que você mesmo faz referência a isso o tempo todo.

Você diz que eu e você não existimos, que somos personagens inventados desse mundo perturbado que você criou para tentar achar um motivo por ser impotente, mas você escreve para um personagem real, um personagem que te responde e te manda à merda, e isso é invenção? Invenção só se for da sua loucura. Se eu não existo, como você poderia me enviar esse e-mail e receber um "vai à merda" como resposta?

Uma noite triste com um bobão e sou "premiada" com esse belíssimo "capítulo" falando mal de mim. Me respeite. Eu não sou invenção, eu não sou esse tanto de mentira que você conta, que você tenta florear. E eu não sou o motivo da sua brochada. Você, autor-de-merda, é que brochou, não fui eu não.

Espero que me esqueça e nunca mais escreva nada sobre mim. Eu necessariamente não existo mais para você.

de: **Carla** <*****@gmail.com>
para: **Jacques Fux** <jacfux@gmail.com>
data: 23 de janeiro de 2014 13:07
assunto: Re: Novo livro!
enviado por: gmail.com

Oi,

Andei pensando que não deve ser só esse o seu objetivo. Não pode ser. Sei lá, acho que você pode estar buscando algo mais. Transformar tabu em totem? Deslocar o familiar em direção a algo estranho? Ou transformar algo extremamente estranho em algo comum e banal? Está vislumbrando a possibilidade de se tornar um etnógrafo literário? Não sei. Prefiro imaginar assim.

Subitamente lembrei-me de Pina Bausch. De sua tentativa pós-Holocausto de tratar as questões de culpabilidade, responsabilidade moral e do lado negro da humanidade. Seria sua "brochada" uma tentativa de mostrar nossa "impotência individual" diante do contingente? Diante da possibilidade, quase certa, da existência do mal? E de sua completa banalidade e autoridade? Será que a "brochada" é contingente ou faz parte de uma herança inconsciente?

Em *Sacre*, Pina reafirma, à sua forma, que as leis da natureza sempre vão prevalecer, apesar da nossa intenção civilizada e recalcada de impedi-las. Ela postula, através de uma belíssima performance, diversas questões: Como prosseguir, mesmo sabendo que se vai morrer ao final? Como seria, portanto, essa sua última dança? Como aconteceria esse derradeiro encontro carnal, certos de que seus corpos se distanciarão ao final? É essa sua "brochada", Jacques? É essa sua busca? Essa é sua tentativa de sublimação e consubstanciação humana? Esse constrangimento e essa consternação são um projeto racional e literário? Acho que sim. Espero que sim. Desejo que sim.

C.

BRUXARIA E MEDIEVALISMO
"QUE VOCÊ ENCONTRE UMA COBRA NO SEU QUARTO"

O funcionamento ilógico do pênis foi durante muito tempo explicado pela bruxaria, pela maldição e pelo olho gordo. Acreditava-se devotamente que as orações, poções e elixires tinham poderes sobrenaturais. Margery Kempe, uma conhecida escritora do século XV, conta que invocou o poderoso nome de Cristo para que seu marido tarado não a possuísse ao menos durante a Semana Santa. De acordo com a autobiografia da autora, Cristo teria atendido seu pedido e tornado seu marido brocha a partir daquele momento. (Na mesma linha da escritora, em 1654, a francesa Madeleine Bavente foi acusada, e condenada à morte, por "ter sacrificado seus filhos no sabá e utilizado suas cinzas para compor feitiços destinados a causar impotência".) Esse tipo de prática era muito comum, porém bastante condenada pelos padres. Crenças sobrenaturais dos motivos da impotência também podem ser encontradas no antigo mundo romano e grego. Não seria, portanto, uma ficção total relatar algo do gênero:

"Uma famosa bruxa, conhecida por toda a Antiguidade como Diraf, vangloriava-se do poder de sua mágica. Conhecedora profunda das artes cabalísticas e do obscurantismo, muitas vezes era procurada para prestar serviços a terceiros (ou terceiras) e sempre era muito bem-sucedida. Acontece que até então nunca tinha havido envolvimento pessoal na questão, o que explicaria seu rigor e profissionalismo. Porém, um dia, profundamente incomodada e ofendida por uma fofoca, resolveu amaldiçoar um parente com a desgraçada brochada. E foram rezas em várias línguas, uso de amuletos e jejuns terríveis. Conta-se que o maior infortúnio era desejar à inimiga que encontrasse uma 'cobra na cama', não pelo veneno e nem pela conotação religiosa, mas pela sua flacidez. A praga, no entanto, devido ao grande envolvimento pessoal, não se estendeu a seu parente, mas a ela própria. Diz-se que naquele dia Diraf sonhou com uma cobra deslizando em seu quarto. A partir daquele momento, seu marido tornou-se brocha e começou a procurar outras bruxas para solucionar o problema. As outras bruxas, felizmente, tiveram êxito em reverter parcialmente a maldição. O marido só conseguiria ficar ereto dali para frente com outras mulheres, nunca mais com Diraf."

Algumas outras fontes contam a amargura e a cólera de Diraf. Sabe-se, no entanto, que Diraf se arrependeu profundamente dessa sua antiga profissão, virou uma devota temente a Deus e nunca mais praticou bruxarias. Aceitou seu destino, virou celibatária e no fim de sua vida pregou somente a glória ao Todo-Poderoso. Deus seja louvado.

(2010)
Juliana

Depois do fatídico encontro com Carla, fiquei um pouco mais pensativo e menos contemplativo (das bundinhas). Comecei a procurar razões e desculpas em busca de compreensão e absolvição. Apesar de já ter vivido, e esquecido, algumas brochadas, aquela, naquele lugar encantado, em um tempo de profunda alegria e fruição, desestabilizou meu ser. Novas questões começaram a vir à tona e novos complexos e neuroses apareceram. E o problema é que o Jacozinho nunca é parceiro nessas discussões internas sobre potência, rigidez, cheiros e pelos. Jacozinho, muito sensível, acaba absorvendo todas as minhas loucuras e conflitos, e na hora em que mais preciso dele, essas questões funcionam como um bloqueador psicológico e fisiológico. Que coisa difícil! Mas nem ele, nem eu poderíamos imaginar o que aconteceria em seguida.

Só que as dúvidas e insatisfações prosseguiam: Será que animais também brocham? Como? Por quê? E eu, como animal hierarquicamente superior na escala evolutiva (assim falseio), por que deveria sofrer desse problema? Mas, sim, os animais também brocham, o que piora ainda mais minha situação. No entanto, os animais, acredito, não brocham por nenhum motivo psicológico. Acho que Freud nunca se atreveu a colocar um macaco brocha no divã e perguntar sobre a relação sexual entre ele e a "Dona Macaca". Já Kafka ousou sim apresentar um macaco discursando para a Academia, mostrando como é difícil, complexo e antigo o problema da assimilação (e também como é sujo e egoico esse mundo acadêmico). A dor e a dificuldade de mudar, transformar, metamorfosear e aceitar o outro. (Kafka também falou e sofreu metaforicamente com a brochada em "A ponte": "Eu estava rígido e frio, era uma ponte estendido sobre um abismo. (...) Uma vez erguida, nenhuma ponte pode deixar de ser ponte sem desabar. (...) Estenda-se, ponte, fique em posição, viga sem corrimão, segure aquele que lhe foi confiado. Compense, sem deixar vestígio à insegurança do seu passo, mas, se ele oscilar, faça-se conhecer e como um deus da montanha, atire-o à terra firme.") Assim os macacos, a assimilação e as brochadas habitavam as minhas cabeças. Tudo se complicava ainda mais. Até que conheci, reconheci e me reencontrei na Juliana.

Apaixonei-me por ela e pensei ser capaz de me assimilar totalmente em função do amor. Com muito sofrimento, mas com muito crescimento, eu evoluiria e poderia caminhar a seu lado. E eu nunca brocharia com ela. Nunca brochei de fato. Pelo contrário: com Juliana ao meu lado, realizei o sonho da eterna ereção. Como eu era literalmente duro com ela! Até hoje não acredito na minha memória e, de fato, um encontro como aquele nunca mais me aconteceu. Mas esse grande sonho de potência e rigidez eternas também é uma grande maldição conhecida como priapismo.

Príapo, um deus não tão poderoso como os outros, era considerado o responsável pela fertilidade de campos e animais. Essa força fertilizadora da natureza aparece retratada sempre com um falo gigante. Os romanos tinham o costume de espalhar estátuas de Príapo em seus campos para louvar os deuses e assegurar uma abundante colheita. Também muitos poetas, seduzidos pela imagem encantada de uma ereção eterna, sem problema com cheiros, corpos, álcool, estresse, cansaço, dor de cabeça, indisposição, falta de tesão etc., compuseram epigramas louvando essa, até então, bênção. Esses versos estritamente fálicos atiçavam a curiosidade e o desejo das mulheres. Agora eles eram capazes de cantar, encantar e louvar a possibilidade da eterna ereção e assim espalhar prazer e sêmen por toda parte. Esses epigramas inserem o grande falo de Príapo como centro da cultura e da deidade. *What a dream!* E foi assim que sempre me senti ao lado de Juliana.

 Entretanto, existe uma doença conhecida como priapismo. O sujeito fica com uma ereção sem limites (mesmo sem sentir tesão) e, devido a dores intensas, precisa ser levado a um hospital com urgência. O sonho de potência eterna é, na dura realidade, um grande pesadelo. A causa, psicológica ou fisiológica, ainda não é muito bem conhecida, mas o tratamento é invasivo e, na maioria dos casos, essa pequena intervenção cirúrgica torna o Príapo brocha. Uma tristeza: o cara vai da glória erétil ao inferno da flacidez eterna em questão de horas. E lá fica pelo resto de sua existência, triste, deprimido, brocha (assim escrevo meu primeiro epigrama). Ainda bem que nada disso aconteceu comigo, só na literatura e na poesia. E só com a Juliana. Só depois de uma bela e grande decepção.

Eu a vi pela primeira vez em uma foto. *It was the day my heart exploded.* Ela era amiga de uma grande amiga, e a achei extremamente interessante. Fantasiei-a por alguns momentos, mas por anos fiquei sem saber nada sobre ela. Os sentimentos adormecidos são extremamente perigosos quando resolvem despertar. Podem ressurgir como doenças psicossomáticas ou como grande luxúria. Juliana reapareceu com muita lascívia e no momento perfeito. Quando finalmente conheci a minha futura ninfa na casa dessa amiga em comum, confesso, para tentar expiar meus pecados (certo, Agostinho?), que desejei a mulher do próximo. Ela tinha um namorado e a imaginei redescoberta, e despida, em meus braços.

Tempos depois eu ainda morava em Paris e minha vida era uma festa. Uma grande alegria e libertação.

(Exceto a brochada com a Carla.) Eu me reinventava a todo momento e era capaz de viver muitos prazeres. Bons tempos. E para celebrar o fim desse intenso deleite, programei uma festa de despedida na casa onde morava. Seria a maior farra de todos os tempos. O bacanal contemporâneo de Swann! E o acaso mostrou o caminho para Juliana. Surpreendentemente, ela apareceu por lá. Anos depois de nosso encontro na casa de nossa amiga em comum, Juliana estava de passagem por Paris após ter feito pós-doutorado em Artes e ter morado um tempo com seu ex-namorado na Holanda. Ele havia se encantado por outra, e ela fugia literalmente da dor da rejeição e da traição.

Agora, neste reencontro, ela exibia um encanto diferente. Uma certa dor, mas uma vontade de continuar vivendo. Uma beleza escondida. Ela, mesmo um tanto perdida, parecia convicta de que era preciso continuar e se perder por outras e tortuosas veredas. Como estava iluminada aquele dia! Iluminada pelo meu olhar. É o destino a me pregar peças! A surpresa da imensa alegria das horinhas de descuido. Uma semana antes desse reencontro, eu tinha brochado terrivelmente com a Carla e tudo estava meio confuso na minha cabeça. Mas Juliana me libertaria para um mundo de sensações e possibilidades ainda não conhecido.

Eu a seduzi, provoquei e encantei. Ela viu sua imagem refletida no meu olhar. Ela se viu novamente bela, desejada, amada. Ela viu seu reflexo repetidamente protegido, amparado e admirado. Ela se apaixonou pela sua própria imagem, que eu criava através do meu olhar contemplativo. Nossas bocas se encontraram. Após vários beijos calorosos, e poucas palavras, subimos bem rápido para meu quarto. Aquele quarto do fracasso e das terríveis e fétidas lembranças da Carla! Mas agora tudo era diferente. Tudo seria diferente. O meu quarto, projetado por Le Corbusier, era pequeno, árido e estéril. Mas era meu império, e me senti nos campos italianos como um verdadeiro Príapo. Foi incrível.

Eu estava ansioso, aflito e muito receoso que o Jacozinho fosse fazer a mesma cena feia que fez com a Carla. Mas ainda bem que nada disso aconteceu! (Viva Jacozinho! Viva!) E muito pelo contrário. Os odores da Juliana me embeveciam. Encantavam-me. Libertavam-me! Mesmo com algumas partes do seu corpo exalando cheiros não muito agradáveis, aquilo me excitava ainda mais. Muito mais. Finalmente, o encontro dos corpos! Fisiologicamente, acho, tínhamos dado um *match* perfeito! E que *match*! Foram muitas relações, penetrações, felações em uma só noite, e eu não conseguia parar de querer o perfume e os prazeres da Juliana. Ela não aguentava mais de prazer. Múltiplos orgasmos exauriam seu corpo, e eu só precisava encostar alguns segundos nela, ou sentir seu cheiro, que Príapo despertava novamente! Acho que se os jurados lá da Corte que avaliavam a performance dos brochas (como a do sr. Mâncio) tivessem participado dessas noites com Juliana (ou, quem sabe, o comitê do *Guiness Book*), eles certamente me fariam entrar para o Hall da Fama ou afirmariam que eu estava possuído por algum demônio. A Juliana também conheceu o *dibouk* do sexo que habitava meu corpo. Apesar das conjecturas sobre cheiros, proteínas, psiques e almas, nunca, nunca mesmo conseguirei explicar aqueles momentos.

Como morávamos em cidades diferentes quando voltamos ao Brasil, toda vez que nos encontrávamos era isso. Eu não conseguia parar: era gozar, ir ao banheiro, retirar a camisinha e, ao voltar, já estar prontíssimo para outra. Aquilo me encantava, me surpreendia, inflava meu ego. Era tudo muito mágico e maravilhoso para meu falo. Assimilei a possibilidade do prazer total. Tornei-me o homem-macaco. "E eu aprendi, senhores. Ah, aprende-se o que é preciso que se aprenda; aprende-se quando se quer uma saída; aprende-se a qualquer custo." Juliana não era judia (assim como o macaco de Kafka) e eu comecei a vislumbrar uma outra possibilidade. "A natureza judaica escapara de mim frenética, dando cambalhotas e ereções de alegria. Esses foram meus progressos, senhores!" Essa penetração por todos os lados me eriçava!

Mas acredito que o prazer era algo que causava dor a Juliana. Angústia. Solidão. Algo que lhe fazia reviver monstros e pesadelos. Algo que a concebeu, e também a afastou de seus pais. Tento inventar e explicar a fim de entender nossa dolorosa separação.

O seu pai, a quem muito admirava, traiu sua então esposa, mãe de seus cinco meios-irmãos, com a moça que trabalhava na casa deles. Seu pai, doutor em Comunicação, um grande leitor e erudito, se engraçou por uma moça iletrada, modesta e sem grandes atrativos sexuais. Viveram um encontro de corpos. Algumas transas. Nada profundo. Acredito que sem amor, sem paixão, sem admiração. E ela era fruto dessa (des)união.

Assim ela surgiu no mundo e logo de cara já sentiu o poder e a dor da falta. Seu pai não a reconheceu como filha legítima. Viveria a dor de ser uma bastarda como os filhos de Apolo, Ion e Phaethon. Um deles, mesmo sendo deus e superpoderoso, não suportou a agonia de ser bastardo. Virou esse "amante impotente e fogoso das nove musas e das graças", como escreveu Pessoa a Walt Whitman. Depois de muita briga por parte de sua mãe, que naquele momento tinha sido despedida e rejeitada, seu pai finalmente a reconheceu, mas com aquela repulsa que se tem de filhos concebidos no calor do momento e por mulheres a quem se despreza e deprecia. Mas acho que depois ele a amou e lhe deu muito carinho.

Sua vida foi essa busca pelo amor do seu pai e o desprezo pela mãe. Ela admirava o conhecimento intelectual do pai e a reverência que sentiam por ele.

Todos o viam como uma pessoa de honrado caráter e honestidade incontestável, e só ela sentia na pele a dor da distância sentimental que todo dia vivia. A sociedade, principalmente em cidades menores e do interior, onde Juliana nasceu, aceita casos extraconjugais do homem. A vida por lá caminha normalmente entre amantes, filhos bastardos e traições. Mas mulher e filha sentem de verdade o preconceito.

Imagino que essa situação despertou em Juliana uma certa repulsa em relação à questão do prazer. Era necessário se controlar para não causar tanta dor a outras pessoas. É bem duro esse mundo falocêntrico que tanto domina a sociedade. Acredito que as mulheres muitas vezes desejam, além de "matar o pai", capar metaforicamente esse construtor da cultura ocidental, preconceituosa e discriminadora.

Assim, invento, era a vida de Juliana, essa dualidade entre amor, prazer; busca, desencontro; pai, ausência; mãe, desprezo. Até onde sei, ela teve vários namorados com quem ficou muitos anos. Acredito que tenham sido encontros pouco profundos, principalmente no campo sexual. Ela não se entregava totalmente, apesar do seu poder de sedução.

Acho que ela até vislumbrou a possibilidade de amor comigo. Amor e prazer juntos, sempre de mãos dadas. Da plenitude. Do prazer e da cumplicidade sem limites. Algo que nunca imagináramos antes. Algo com que nunca sonháramos. Será que ela conseguiria se libertar? Será que seria possível viver assim durante anos? A vida toda? Todos os momentos? Infelizmente, acho que não.

Lentamente, ela foi se fechando. Éramos perfeitos na cama, tínhamos admiração mútua e respeito intelectual, mas não deu certo. Acho que ela redescobriu em mim o seu faltoso pai. Acadêmico e respeitável, mas talvez um tarado sexual. O prazer causa dor, desencontro, desentendimento. Nós iríamos nos magoar, nos machucar e acabar completamente devastados. Esse prazer sem limites iria nos trair, nos ferir e nos corromper. Acho que ela brochava sempre depois de gozar. Brochava com as suas incertezas, contradições e culpa. Brochava recriando seus pais.

O tesão nunca acabou entre nós. Nunca vai acabar. (Minto, invento e faço literatura.) A vontade e a certeza da ereção serão eternas, acho. Não ficamos juntos, não estamos juntos, a vida prega peças. A gente é capaz de brochar por tantos outros motivos. Um simples ato grosseiro, ríspido, rude. A falta de reciprocidade diante do carinho, admiração e da falta de planos em comum. Juliana e eu nos desencontramos na grosseria e selvageria da vida. Desentendemo-nos diante das nossas loucuras, incertezas e dos antigos medos. Sim, a paixão e a loucura andam juntas, juntinhas do amor, do tesão e da repulsa. Fomos plenos. Gozamos muito. Mas o que adianta isso tudo se não perdurou?

Valeu todo esse carinho, esse tesão e encontro dos corpos se tudo desapareceu para virar somente literatura? Ficção? Memória inventada? Será que é por isso, para preencher esse vazio da existência e para reviver o "Príapo", que escrevo? Ou escrevo para me reencontrar somente na falta, na dor e nas eternas brochadas? Essas minhas verdadeiras travessias travestidas.

de: **Jacques Fux** <jacfux@gmail.com>
para: **Juliana** <*****@yahoo.com>
data: 21 de janeiro de 2014 11:12
assunto: Novo livro!
enviado por: gmail.com

Oi, Juliana!

Tudo bem? Como andam as coisas por aí? Espero que esteja bem, feliz e aproveitando sua vida em São Paulo.

Acho que nossa amiga deve ter comentado com você sobre meu livro. Fiquei muito feliz e realizado com a premiação e agora estou me dedicando a um outro texto. Espero que algumas pessoas gostem como gostaram do primeiro.

Bom, Juliana, meu novo livro se chama *Brochadas* e estou te enviando um capítulo em que falo sobre você. Espero que entenda essa minha criação literária. É uma homenagem, mas também uma forma de autoanálise ficcional selvagem. Em alguns momentos eu conjecturo o motivo da nossa separação e do nosso desencontro. Tenho ainda tantas lembranças de você, e ainda muito, muito carinho. Torço para que goste e se divirta com essas reinvenções.

Eu sempre me pergunto, Juliana: onde é que teríamos o direito de guardar os nossos amores do passado? Onde seria legítimo e lícito manter esses grandes amores perdidos? Alguns você esquece, alguns você supera, alguns você reinventa, mas outros, pouquíssimos, você ainda, bem lá no fundo, quase recalcados, quer conservar e preservar carinhosamente. Desses singelos momentos de plenitude, de autenticidade, de amor e prazer, você não consegue se livrar. Eu não consigo, confesso. Como e onde eu posso mantê-los? Como e onde posso aprisioná-la, Juliana? Só na literatura e nas minhas invenções?

Você já deve estar namorando, talvez casada, talvez com filhos e eu, muito provavelmente, passarei por tudo isso um dia. E quando a gente se encontrar novamente, nesses encontros casuais, será justo passar pela minha cabeça todas as nossas maravilhosas noites juntos? Estarei traindo a minha esposa/namorada/amiga ao te desejar perdidamente de novo? Ou ao desejar o meu antigo desejo por você, essa "personagem" inventada, inventiva, fantasiada pelo meu amor agora tão distante e falso?

Mas você de fato "existe" nesse instante em que eu te recordo, em que eu te revivo nos meus pensamentos, sinapses, desejos e sonhos. Você está presente "personificada" nos meus muitos pensamentos, nos meus vários devaneios, na minha grande vontade de possuí-la novamente. E tudo isso seria desencadeado no epifânico momento em que nossos olhos se encontrassem novamente. O que posso fazer? Lamentar ou desfrutar? Deve ser por isso que resolvi escrever sobre nós, num livro sobre brochadas (mas que é muito mais do que isso), somente para ter esse delicioso pretexto de te recordar e de te reviver novamente...

Bom, muitas ladainhas, não é? Gostaria, se puder, que comentasse sobre o texto que te envio e, se quiser, escrevesse se alguma vez já brochou comigo. Seria muito bom te "escutar" novamente.

Um beijo,
Jacques

de: **Juliana** <*****@yahoo.com>
para: **Jacques Fux** <jacfux@gmail.com>
data: 29 de janeiro de 2014 01:23
assunto: Re: Novo livro!
enviado por: yahoo.com

Jacques,

Conhece o poema "Toalha branca" da Ana Cristina César? Copio abaixo:

Uma toalha branca esvoaça –
Acontecimento único no espaço –
embora fluidos se diluam entre dúvidas e certezas,
embora riscos passem invisíveis, vacilando,
embora meteoros jamais vistos se beijem impotentes,
embora sombras agigantadas se agitem nos crepúsculos,
embora abismos contorcidos se abram e se fechem,
embora coisas imóveis perpassem e retornem,
embora uma roda gire, silenciosamente fechada,
embora ninguém se fale, e as vozes encham o ar,
embora o preventivo transforme-se em soluço seco,
embora uma lágrima – ou milhares – não se agitem,
embora redemoinhos eflúvios chamusquem almas –
uma toalha branca esvoaça
decompondo-se a cada voo, a cada passo.

Esse seu e-mail muito me perturbou, Jacques... já fazia tempo que eu não tinha nenhuma notícia sua e, de repente, leio essa mensagem, e um mar de lembranças, sentimentos, incômodos e consternações me tomam a mente... nunca esperaria receber um texto assim. De ninguém. Lembrei-me quase imediatamente do poema da Ana Cristina César que te envio... é um poema denso e profundo, que discute a possibilidade de um acontecimento puro, de uma coisa que se passa necessariamente somente no instante do presente, o único "real" que de fato existiria... talvez essa seja a minha (e sua?) epifania em relação à "brochada"... não sei...

Bom... primeiro tenho que confessar que não gostei nada disso que criou sobre a minha "vida". Essa de ser uma "bastarda", e toda essa sua teoria de que eu não me relaciono com ninguém devido à complicada situação que sempre vivenciei com meu pai não tem sustentação. Sabe, Jacques, há muito mais coisas a se levar em consideração que você nem sabe, nunca vai saber, e às quais "psicanálise" nenhuma tem acesso... será que esse seu método "analítico" sempre funciona? Será que essa sua busca utópica literária sempre abarca os sentimentos de todos seus personagens? Será que a vida pode ser representada, ou enganada, através da arte? Acho que não... acho que toda tentativa é inevitavelmente limitada e ilusória, assim como qualquer ciência, fé, religião, método ou invenção... não concordo com nada disso que escreveu sobre o meu "eu".

Acho, sim, que nossos corpos se encontraram, Jacques... mas acho também que você nunca me entendeu... eu vivia um momento difícil, tinha me separado do meu namorado por um motivo avesso e terrível. Você foi um refúgio, um oásis, um descanso na dor... e tudo começou em Paris! Imagina! Mas foi algo temporário... Logo, muito logo, todas as lembranças, momentos, sonhos e construções que eu havia planejado com ele ressurgiram em mim como uma tempestade e, infelizmente, fui me retraindo e distanciando de você. Eu estava deprimida, Jacques, e tinha que ficar sozinha... tinha que saber quem era esse "eu" que tanto estava insatisfeito, mesmo sendo preenchida pelo seu carinho e pelo seu "Príapo-Jacozinho" (rs). "Pergunto aqui se sou louca/Quem quer saberá dizer/Pergunto mais, se sou sã/E ainda mais, se sou eu." Eu tinha que me encontrar, mesmo sem saber aonde eu queria chegar. Compartilhar essa dor era mais que impossível...

Acredito sim que nossos corpos se entrelaçaram como "meteoros jamais vistos"... como vulcões à procura de mais fogo e ebulição... mas que nossos beijos e sentimentos eram completamente "impotentes" em virtude dos nossos distintos desejos e sonhos... por isso essa fraqueza... essa "brochada", à qual se refere, era mais que certa e "imponente".

Esse poema da Ana Cristina César fala desses instantes efêmeros que se esvaem com o passar do tempo... sim, você tem todo o direito de guardar seus amores, e viver sempre com eles, mas eles não existem, Jacques... eles são como essa "toalha branca": tiveram seu átimo de existência, de encanto ou de dor, mas se "decompuseram" com o "voo", com o "passo", com o turbilhão e com as infelizes brochadas da vida...

Desejo sorte,
Abraços,
Juliana.

EDGAR ALLAN POE
IMPOTÊNCIA: O VERDADEIRO TERROR

Marie Bonaparte, em um texto publicado na década de 1930, após várias discussões psicanalíticas com Freud sobre Edgar Allan Poe, debate a sexualidade reprimida e o distanciamento do sexo do conhecido "mestre do terror". Segundo Bonaparte, a sexualidade velada nos textos de Poe teria por causa um complexo de Édipo não resolvido devido à morte precoce da mãe. Poe desejaria sexualmente sua mãe, e esse desejo sexual reprimido poderia ser, de acordo com Bonaparte, a razão pela qual Poe quase nunca inclui sexo entre os personagens de suas histórias. Além disso, Bonaparte afirma que Poe seria brocha, vivendo e escrevendo sobre seus "pesadelos de impotência" devido à "necrofilia psíquica".

Seriam os escritores e os personagens de terror todos brochas? Teriam problemas insolúveis com seus pais e, por isso, precisariam matar, cada vez com requintes mais extremos de crueldade? Por que esse gênero vende tanto? Fetiche, sadismo, ficção? Ou seríamos todos impotentes nos encontrando nesses personagens e autores? Forjou-se uma outra possibilidade literária para Poe:

"*Nevermore!* Nunca mais! Nunca mais o sr. Pym foi capaz de se levantar. Assustou-se ao ouvir o maldito profeta interior debochando de seu destino. Sim, 'nunca mais' o pequeno membro do sr. Pym seria o soberano de seu porvir. Ele ilogicamente pararia de obedecer ao seu mestre diante de uma mulher. Nunca mais teria (e levaria) prazer para uma mulher viva. Somente nas trevas infernais da morte é que seriam erigidos seus grandes feitos. Gozo, sexo e morte. Assim, somente a cada novo assassinato é que voltaria a sentir prazer, permanecendo mais e mais excitado diante do corpo sem vida. Exclusivamente nesses momentos é que o sr. Pym ficava ereto. Os gritos, gemidos e as visões de prazer que tinha experimentado em sua tenra juventude eram agora recriados com mais ímpeto diante da tortura e do sofrimento por que fazia passar suas vítimas.

Pym se atraía por mulheres corpulentas, com seios fartos, cabelo ondulado e pés pequenos (assim se lembrava de sua mãe). Nada era mais belo e excitante que uma mulher morta. Dilacerada diante de sua impotência. Era só nesses momentos de assassinatos cruéis que a maldição do 'nunca mais' não se concretizava. *My soul from out that shadow that lies floating on the floor. Shall be lifted – nevermore!*

Sr. Pym, em textos pouco conhecidos, descreve as muitas discussões que teve com as suas futuras vítimas.

Flertes, poemas, juras de amor. Essas mulheres o teriam amado muito. Desejado profundamente o mestre, o escritor, o poeta. Para elas também a morte era a única salvação diante da total impotência sexual do seu amado. Afirma-se que muitas delas, segundos antes de morrer, excitaram-se como nunca, um misto de loucura, tortura e nirvana. Pulsão de morte (e da vida além-morte). Nunca mais, nem mesmo nas mais terríveis histórias de terror, se ouviu falar de nada parecido."

(2012)
Jacqueline

Eu tinha me perdido antes da Juliana. Ou melhor: Jacozinho e eu tínhamos tido um desacordo, sobretudo em relação aos odores e aos abundantes pentelhos de Carla. Mas, com Juliana, recuperei minha autoconfiança, minha potência e passei a conhecer um novo e maravilhoso mundo de prazeres. Eu estava profundamente tocado com a minha experiência como um verdadeiro "deus Príapo". E queria muito mais. Queria reviver o sabor e o poder da ereção sem limites. Queria poder conhecer outras tantas mulheres como ela, que me fariam derrubar todas as barreiras. Todas as bruxarias, contos de terror e todas as brochadas. Mas, à medida que as procurava e não encontrava, acabei não acreditando que isso pudesse ocorrer novamente. As cores, os sorrisos, as músicas e a vida, antes embalados pela existência da Juliana, lentamente foram se extinguindo. Vivi uma fase negra. Escura. Deprimida. Sem cores. Sem danças. Sem sorrisos. Sem vontade. L'Écume des jours. Foi duro (na verdade, bem mole!). Penoso. Doloroso. Novas neuroses, novos medos, novas insatisfações iam surgindo. Surpreendi-me com a minha fragilidade. Com a tristeza e com o desânimo. Mas, felizmente, a vida continuou. E retomei novamente meu caminho de surpresas, encantos e descuidos. Voltei novamente a amar! Dessa vez com Jacqueline, a sereia. E também voltei novamente a brochar. Eterno retorno. Assim foi, e espero que seja sempre assim.

Mas, *if I am out of my mind, it's all right with me*. Depois da depressão pela perda de um grande amor (e que amor viril!), finalmente consigo voltar a falar sobre os brochas. A verdadeira História, *Ilíada* e *Odisseia* de todos nós! Assim, relembro e recrio os ridículos, cômicos e tristes meninos-cantores castrados das óperas italianas. Tudo tão ridículo, belo e poético quanto a minha nova musa Jacqueline. A maravilhosa médica do meu encantado mundo americano. Do meu reencontro com Jacozinho! Do meu reencontro com outros sofrimentos e outras alegrias. Conto casos engraçados para tentar superar a dor e o gozo ao rememorar o corpo, o gosto e os devaneios de Jacqueline.

Os brochas, dessa vez os de Roma, lá pelos anos 1500, baniram a presença das mulheres como cantoras em igrejas e teatros. Porém, as grandes óperas tinham que continuar e os homens castrados surgiram como uma possibilidade de alcançar notas e tons novos, fortes e belos. Mas, claro, na época (hoje isso tem mudado bastante), pelo que consta, não havia jovens que procurassem por vontade própria a castração. Mas algo havia de ser feito em prol da arte! Então a coisa era bem ruim. Jovens inocentes eram pegos na rua, drogados com ópio (o "boa-noite, Cinderela" de então) e colocados em banhos quentes. Lá eles castravam os inocentes e virginais garotos, que cresceriam com suas "bolas murchas" (daí a origem da expressão popular) tornando-se, algumas vezes, cantores líricos maravilhosos. A demanda era grande: em 1700 estima-se que mais de quatro mil jovens eram castrados por ano. Esses pseudobrochas, talvez os atuais metrossexuais (ou acadêmicos), eram estrelas de grandes óperas na Europa, aclamados e idolatrados pelas então marias-*castrati* (as antigas marias-chuteiras). Digo pseudobrochas, pois tudo dependia da idade em que era realizado o "boa-noite, Cinderela". Se fosse feito antes dos dez anos, esses garotos desenvolveriam características femininas e possuiriam apenas um "pênis infantil", tornando-se incapazes de ter ereções. Mas se o procedimento fosse feito depois dessa idade, esses eunucos seriam capazes de ficar duros, mas não sentiriam nenhum prazer com o sexo. Ao "poder" priorizar 100% o prazer feminino, não serem férteis e, segundo a lenda, conseguirem manter mais tempo a ereção, tornavam-se Príapos dedicados. O sonho das mulheres (e de alguns homens) comprometidos na época! Loucuras culturais ou ficções literárias? Nunca saberemos.

(Acho que muitos deles devem ter encenado Shakespeare. O famoso Falstaff, nome sugestivo ligado a *fallusstaf*, "membro flácido", relata uma passagem onde seu membro estaria "deprimido, como uma pera seca". A arte imitando a vida! Já em *Macbeth*, o Porteiro relata os "próprios" problemas devido ao excesso de bebida: "A lascívia, senhor, ela provoca e deixa sem efeito; provoca o desejo, mas impede a execução. Por isso pode-se dizer que a bebida usa de subterfúgios com a lascívia: ela a cria e a destrói; anima-a e desencoraja-a; fá-la ficar de pé e depois a obriga a não ficar de pé. Em resumo: leva-a a dormir com muita lábia e, lançando-lhe o desmentido, abandona-a a si mesma." Shakespeare: o artista brocha! A vida imitando a arte.)

Mas, voltando à contemporaneidade e a meu relacionamento com a Jacqueline... Ah!, eu era um amante mais que perfeito! Devotado, amigo, tarado. Eu estava revivendo a Juliana, mas sendo ainda muito mais devoto. Estupidamente, esquecera a máxima "desejo – falta" e me oferecia cada vez mais para Jacqueline, que brincava comigo como um cantor *castrati* (e o último deles – Alessandro Moreschi – já havia morrido em 1922, deixando as únicas gravações conhecidas). Ou como um homem sem qualidades.

Ironicamente, conheci a Jacqueline numa casa de ópera em Nova York, onde apresentavam *Macbeth*, e ela me seduziu com seu encanto. Com seu canto. E logo depois, e mais ainda, com seu silêncio. Eu não era Ulisses, não era Falstaff nem o Porteiro, mas ela era uma sereia. Ao relembrar a Jacqueline, e tentar entender os motivos e as razões por tamanho encanto, tesão e desencontro, procuro realizar a minha própria descida a Nekya, ao Reino dos Mortos, ao Hades. Assim me torno muito mais sábio e passo a compreender o sofrimento. Revisito os caminhos de cantos, encantos e da minha própria criação poética.

Depois do nosso primeiro encontro, apaixonei-me perdidamente pela nova diva. Algo de estranho, de mágico, de surreal habitava o corpo e a alma da Jacqueline. Eu, voltando a ser o amador apaixonado das minhas outras performances, arrisquei-me na tentativa de conquistá-la. Tentava fazer com que ela me visse como homem e macho, e não apenas como um poeta romântico *castrati*. E passei a desejá-la tanto, com todo meu amor, carinho e tesão. Isso não foi suficiente e, logicamente, foi só me afastando um pouco dela. Por fim, consegui ser frio, rude e tosco com Jacqueline, que resolveu finalmente se entregar. Um belo e fascinante encontro.

Essa nossa odisseia de sensações foi dilacerante. Já no primeiro encontro, nossos corpos se tornaram um grande amálgama. Totalmente unidos. (Assim invento.) Cada segundo era um cheiro e uma sensação nova, insólita, inebriante. Eu queria que ela não me largasse mais, que eu passasse a ser seu amor, seu amante e sua nova necessidade fisiológica. Eu queria habitar todos seus pensamentos. Queria ser parte atuante de seus novos sonhos e também do seu passado e futuro. Como *castrati* errante, devotei-me, na nossa primeira noite juntos, a só lhe dar prazer. Eu a chupei como nunca, como epopeia nenhuma já narrou. Eu me lambuzei em sua vulva como júri nenhum testemunhou e como ópera nenhuma já glorificou. Jacqueline flutuou sobre céus, vislumbrou o paraíso e confirmou a possibilidade da plenitude do prazer.

Eu queria transar loucamente com ela em qualquer lugar, fosse no meio da ponte, fosse no meio da rua. Queria possuí-la no frio, na chuva, na ópera, entre eunucos, garanhões, sereias e silêncios. Eu nunca brocharia com ela. Não por conta dos seus cheiros, dos seus pelos, do seu fado. Não seria mais pelo desencontro das almas que eu brocharia? Nunca mais? Assim sonhava.

Mas eu acho que essa primeira noite foi demais para Jacqueline. Acho que a plenitude é um sentimento que o ser humano não pode suportar. Só os deuses. Nós, incompletos, não conseguimos aguentar momentos de alegria e prazer tão intensos. Precisamos sentir a falta. Pulsão. Temos que viver em meio à carência e ao espaço vazio que nutre a pulsão por viver e por morrer. Ela se desencontrou de mim, infelizmente. Rejeitou-me, fugiu, desapareceu. E a dor voltou a habitar o meu eu.

Eu só poderia tentar explicar essa atração louca por Jacqueline e Juliana através do HLA. O *human leukocyte antigen* seria a chave secreta para o entendimento em relação aos encontros e desencontros físicos humanos.

A atração dos corpos e dos cheiros finalmente teria sido desvelada? Um famoso estudo realizado pelo dr. Wedekind, em 1995, recrutou voluntárias para ficar cheirando as camisetas usadas por homens durante três dias consecutivos e dar seu parecer segundo uma escala de desejo/fedentina. Ao fazer um estudo mais detalhado dessa atração/repulsa pelos odores, o pesquisador descobriu que as mulheres preferiram as dos homens cujas moléculas HLA eram as mais diferentes das suas. Inconscientemente, portanto, os nossos corpos tenderiam a se atrair por HLA mais incompatíveis, mais distantes e longínquos, o que permitiria filhos com uma maior variabilidade genética. Aqueles que têm HLA próximos são ótimos doadores, literalmente ótimos parceiros e colegas, mas com uma maior possibilidade de se tornarem brochas entre si. (Um outro estudo publicado pela *Nature Genetics*, em 2002, diz que, na verdade, as mulheres preferem odores de homens com *matching* de HLA intermediário. Elas não preferem odores de homens nem com *match* muito alto nem com baixo *match* para se tornarem seus parceiros monogâmicos. Esse mesmo estudo da *Nature* também mostra que os alelos de HLA similares entre os homens escolhidos por essas mulheres têm origem paterna. Um Édipo genético!) A ciência, incontestavelmente, vai descortinando os pequenos mistérios da vida!

Mas, com tanto HLA envolvido, como explicar o pé na bunda que tomei da Jacqueline? Assim imagino suas dores e inseguranças. Invento a sua história, que se encaixaria e se bifurcaria na minha, também um tanto perdida. Não seria esse o verdadeiro motivo da literatura? Construir e desconstruir possibilidades e brochadas? Ou será que até isso falseio?

Ela, recém-chegada a uma nova vida de muitos desafios, expectativas e incertezas, estava radiante e ansiosa pelo novo. Nos Estados Unidos poderia se dedicar a pesquisas acadêmicas e esquecer seu passado. Tinha sofrido muito. Loucuras sem limites. Ela tinha largado sua vida de pediatra, onde ajudava diversas crianças com paralisia, para viver egoisticamente um grande amor. Um verdadeiro amor ou apenas uma forma de se esquecer das tristezas da saúde pública brasileira? Acho que ela queria sim ajudar aquelas pobres crianças. Mas a ignorância, a roubalheira e a incompetência da administração pública e hospitalar do Brasil lhe atavam as mãos. Imagino seu sofrimento. Ela amava tanto cada criança e se comovia a cada dor que elas traziam no olhar.

Acho que foi por isso, por perecer todos os dias nos purgatórios infantis, que precisou fugir. Fugir dos seus pensamentos, sentimentos e fantasmas. Ela queria poder ajudar, mas não conseguia. Pelo menos não conseguia da forma que desejava. Ela precisava se alienar, e um amor (ou a ideia dele) lhe era suficiente para largar tudo e mergulhar de cabeça em outra vida. Acho que conheceu um surfista americano, meio porra-louca, e por ele se apaixonou. Traiu sua formação e seu juramento e resolveu se atirar às novas descobertas. Assim ela se mudou do Brasil para os Estados Unidos. Ela ia se ludibriando e acabou se transformando em outra pessoa. E essa pessoa já não era mais amada pelo surfista. E, à medida que seu amor se distanciava, mais ela se empenhava em esquecer a médica, a pesquisadora e a audaciosa mulher que era. Acabou se dedicando ao lar, a cuidar da alimentação, da limpeza e da satisfação do seu imponderável amor. Ela ia se metamorfoseando inacreditavelmente. Uma mulher diferente de tudo que era, de tudo que sonhava para seu futuro. Por isso, creio, foi descartada e trocada por outra e teve que viver a intensa dor do desencontro. Fugindo, chegou finalmente a Nova York, já um pouco mais confiante e querendo se redescobrir. Acabou decidindo nunca mais se deixar levar por paixões que a diminuíssem. Ela seria, daí para frente, a dona da situação. Tinha se tornado um tanto mais fria e descrente do amor. (Mas toda essa edificação literária pode ser uma grande mentira. Ela simplesmente não gostou de mim. E ponto.) Assim, nesse vazio traumático, eu e Jacqueline nos conhecemos.

Acredito que ela tenha conseguido, durante muito tempo, viver a separação entre amor e sexo. Algo bem moderno e masculino. Ela, dra. Kinsey reinventada, investia na incompatibilidade do HLA e aproveitava a sua liberdade e a busca sem censuras pelo prazer.

Eu e Jacqueline ainda nos encontramos várias vezes, sempre depois de devaneios, de silêncios, de divergências. Eu ainda sonhava com o encontro das almas, enquanto ela tinha certeza da separação completa delas. Os encontros sempre eram maravilhosos, os dias seguintes terríveis. Ela sempre sumia. E eu era muito apaixonado. Perdido demais quando não estava com minha boca, e com o Jacozinho, entre as pernas da Jacqueline. Eu devia ter ouvido meus pensamentos e compreendido que aquilo era mágica, encanto, veneno. Que aquilo só me faria mal, que só me traria dor e depressão. Mas a sereia cantava de tempos em tempos, e eu me atirava perdidamente em seus seios. Na fruição do momento e vivendo o sofrimento da distância.

E essas duplas encontro-desencontro, prazer-dor foram caminhando junto às minhas incertezas e medos em relação à Jacqueline. Ela estava presente em todos os meus pensamentos, em todos os meus atos, em todos os meus questionamentos amorosos. Um monstro inventivo ia se construindo dentro de mim, e ouvir seu nome já me arrancava por completo a razão.

Até que um dia, um fatídico dia, encontrei Jacqueline nos braços de outro. Aquilo me arruinou como homem, como macho e como amante. Aquilo me jogou nos braços frios da realidade e da certeza do vazio das relações humanas. Eu me envolvera sentimentalmente, e minha errância em busca do prazer desassociado do amor mostrou a sua incompatibilidade. Como doía não ser amado, só ser usado fisicamente. Todas as taras, depravações e gozadas que realizamos juntos, e em função das quais eu me julgava especial e amado, passaram como um filme na minha frente, mas agora dolorosamente interpretado por um outro protagonista. Ela fazia essas peripécias sexuais com outros. Que dor. Como eu gostaria de voltar à minha ignorância. A ignorância é uma bênção, e naquele momento eu não era mais abençoado. Encontramo-nos ainda mais uma vez depois daquela minha "visão". Uma única vez. Não resisti novamente ao seu canto. Malditas sereias. E ela, louca de volúpia, tentou me trazer para a realidade do momento. Mas eu não consegui vivê-lo plenamente. Eu fiquei pensando nos braços, nos cheiros, no falo do outro que preenchera Jacqueline em outros eternos presentes paralelos e simultâneos que eu revivia naquele momento. Naquele instante, ele, o outro falo, era o traidor vitorioso e eu era o herói borgeano derrotado. Brocha. Ele, não eu, era quem possuía a Jacqueline naquele cosmo. Ele, não eu, era quem habitava seus pensamentos naquele universo. Ele, não eu, é que foi capaz de se enrijecer. Eu brochei com a dor da impotência diante do amor perdido. Do desencontro total das almas. Da minha alma que a perfurava sem nada encontrar. *This is the saddest story I have ever told.*

de: **Jacques Fux** <jacfux@gmail.com>
para: **Jacqueline** <*****@yahoo.com>
data: 23 de janeiro de 2014 01:42
assunto: Novo livro!
enviado por: gmail.com

Olá, Jacqueline,

Tudo bem? Espero que esteja aproveitando bastante nesse frio de Nova York. Eu estou em Boston tentando curtir, mas tá complicado! Esquiar eu não sei, andar de bike nessa neve tá ficando cada dia mais difícil e ver o dia escurecer às quatro da tarde é duro. Mas é a vida que escolhemos e temos que vivê-la (ou plagiá-la!).

Então, Jacqueline, estou escrevendo novamente! Muito bom reviver outros mundos. Imaginar outros caminhos e reconsagrar as estradas escolhidas. Um grande prazer, mas uma enorme dor. E, para variar, você, e nossa louca relação, aparecem nas páginas do meu novo livro. Eu já tinha lhe dito o quão importante você foi na minha vida, o tanto que despertou em mim os mais belos desejos e os mais terríveis sofrimentos. Agora você poderá lê-los!

Desde o tempo da minha juventude, quando eu era meio bobo e inexperiente, que não me deixava levar tanto assim por alguém. Lógico que já sofri muitas outras vezes, mas acho que você brincou um pouco com meus sentimentos.

Foi dolorido, doloroso e muito triste de se viver. Será que é por isso que eu escrevo tanto sobre nós? Ou, na verdade, escrevo só sobre "mim mesmo", imaginando que algo disso tudo faça sentido para outra pessoa, para você, ou para a própria literatura. Invento a dor, assim como invento o amor? Será que eu te invento todas as vezes que me lembro do seu perfume? Que me lembro dos nossos corpos juntos? Que me lembro dos nossos sorrisos e das nossas mais variadas conversas? Ou será que só te fantasio tanto por que nunca te tive verdadeiramente? Por que você nunca se envolveu sentimentalmente comigo? Será que a vida, o que guardamos dela, e o que escrevemos sobre ela, não é tão somente o que faltou, o que resta e o que fica, de alguma forma, escondido em uma parte do nosso ser que não se aquieta mesmo diante de outro amor? Será que em você recriei todos os meus sonhos perdidos de outras épocas?

Eu queria poder me acalmar, serenar esse redemoinho de emoções que sempre retorna (re)fantasiado, reinventado, emoldurado na minha escrita, nos meus devaneios e na minha vã tentativa de prosseguir. Mas eu não consigo, Jacqueline. *Sorry*. Mas o que importa isso tudo agora? Agora, que estamos perdidos e separados por lembranças desconexas e descontínuas? Que nunca voltarão? Ou que sempre serão falseadas?

Bom, mas o meu objetivo não é chorar sobre a fatídica brochada! Você sabe que quando eu preciso fazer isso recorro ao *Grande Sertão: veredas*, e lá encontro todas as minhas explicações, todas as minhas dúvidas e todas as belezas imaginadas. (Será que o Riobaldo brochava ao pensar em Diadorim como homem? Ou ele brochou quando a viu como mulher? Ou, o que realmente o excitava, era essa dualidade sexual?) Meu objetivo aqui é te pedir um testemunho, talvez engraçado, talvez profundo, talvez desprezível sobre nosso derradeiro encontro.

O "seu" capítulo conta a minha brochada por você. Não sei se lembra, não sei se de fato existiu, mas está tudo documentado, inventado e arquivado para a posteridade. Gostaria que lesse e comentasse, se possível. Também, sei que é pedir muito, mas não custa nada tentar, gostaria de saber se você alguma vez já brochou comigo. Que pergunta, não é? Mas esse é o objetivo do novo livro: descortinar algo impossível. Talvez esse também seja o objetivo da vida. Talvez o meu único objetivo, já que não consigo imaginar outras possibilidades para preencher os muitos vazios da alma.

Espero que goste e que me perdoe pela análise que fiz sobre você, sua vida, seus traumas e impedimentos. Busco o entendimento pela fantasia. O escritor e o neurótico são assim: a gente pega uma frase, uma ideia, uma sugestão, que pode ser real, verdadeira ou sonhada, e constrói toda uma ficção. Ou será que o que construímos mesmo é a própria realidade? Como ela foi ou como ela deveria ter sido? Ou como ela será? Não sei mais. Só sei que finjo, ludibrio e brinco bastante. Tudo aqui é "real", mas tudo é "ficção". Na verdade, tudo é literatura e nada mais. Confuso, né? Todos nós somos! Você muito mais que todas.

Boas leituras e boa sorte com seus muitos projetos.

Um beijo,
Jacques

de: **Jacqueline** <*****@yahoo.com>
para: **Jacques Fux** <jacfux@gmail.com>
data: 26 de janeiro de 2014 02:23
assunto: Re: Novo livro!
enviado por: yahoo.com

Ai, Jacques, de novo?! De novo tu me vens à procura por explicações e por motivos para não estarmos juntos? De novo, e sempre, tudo se repetindo? Por qual razão bates na mesma tecla? Não seria a obrigação do artista inventar outras possibilidades para a vida que não aconteceu? Não seria a função do poeta inspirar a imaginação e não a de adulterar a história? A minha própria história roubada por ti? Então por que te prendes só a mim, novamente, e ao nosso desencontro? Eu sei que tu não aceitas perder, não aceitas ser contrariado, mas tu vais ter que aprender.

Mas nesse teu "novo" livro tu surges com uma análise da minha própria vida... Surreal. Engraçado que de tão inventivo e falso até parece realidade... Eu nunca te contei minha história, eu nunca te falei das minhas dores, dos meus amores, das minhas desilusões e tu as criou como bem entendeu. Bah, tu és muito doido, guri. Essa aí que "pintas" não sou eu não, não sou eu mesmo.

Tu, em buscas da tua explicação pela "brochada", constróis um monte de teorias e ainda te atreves a ler artigos científicos na medicina! Não és tu mesmo que sempre criticaste o uso da matemática e da física nas obras literárias, já que na maioria das vezes os autores são "ignorantes" no assunto e estariam falando besteira?! E aí tu vens com toda essa história de HLA para mostrares o tesão que tens por mim, mas não achas que estás inventando demais, não? Até que é interessante essa tua análise, essa tua "descoberta" e esse teu autoengano, mas eu acho que tu tens que reformular algumas partes "científicas". Há muitos erros, principalmente em relação ao nosso *affair*. Mas, sei lá também, o livro é teu, faça como quiseres...

Se eu já brochei com você, Jacques, já sim... Acho que eu brochava toda vez que terminávamos nossas transas. Por que tu não conseguias levar a nossa relação de uma forma mais leve? "Amigos com benefício", que mal há nisso? Por que eu não posso querer algo do gênero? Sobre a possibilidade e a liberdade do prazer feminino, uma escritora feminista americana que conheci recentemente, Helen Brown, escreveu: "Sexo é uma das três melhores coisas que podemos fazer na vida. Não me lembro das outras duas." Penso o mesmo! (rs).

Ah, guri, para com isso. Reflitas sobre essa criação da "Jacqueline" que "brincou com seus sentimentos"... Que coisa infantil, Jacques. Ninguém brinca com sentimento de ninguém. Tudo é uma "relação" e os dois estão participando ativamente de tudo. Se um não topar, ele tem todo o direito de não mais atuar, de fugir, de se esconder... mas não vale ficar falando que um usou o outro. Não. Ainda mais tu, já com teus trinta e muitos anos, te colocando na posição de vítima. Não combina.

Sexo é coisa simples, Jacques. A gente que complica. Lembrei-me do *Caderno rosa de Lori Lamby*: "Depois eu entendi só um pedaço, que o sexo é uma coisa simples, então acho que sexo deve ser bem isso de lamber, porque lamber é simples mesmo." O que será que ela estava realmente criticando ao escrever esse "caderno", Jacques? Seria a posição cultural da mulher? Seria o fato da sociedade se estarrecer quando uma mulher quer gozar? Quer romper as amarras? Quer se libertar verdadeiramente? Acho que a Hilst não queria apenas condenar toda essa questão da "literatura que vende", mas fazer ouvir a voz de uma mulher, no caso, a voz surpreendente de uma menina, que gosta, e quer continuar gostando muito, de todas as possibilidades do sexo. Acho que essa é a sua dor e o seu machismo, Jacques. Você não consegue aceitar que eu esteja aproveitando meu corpo. Eu e todas as mulheres.

E essa invenção tua de que esse meu amor nos EUA teria me privado das crenças e me transformado em uma "dona de casa" e que por isso teria sido rejeitada... Isso é ser escritor? Isso é extrair ou criar beleza onde não há nada? Que coisa é essa de fazer da literatura um lugar para compreender o que deu errado na vida do outro?

A literatura não seria esse ver e encarar o eterno estranhamento que nos ronda? Que nos persegue? Que nos afronta? O que é de fato "ver" e "narrar" em literatura?

Olha... eu tenho a consciência tranquila em relação à gente. Nunca fiz nada de errado e não me venhas lamentar, e seguir lamentando sempre, pelo nosso fim... Eu bem que tentei continuar tua amiga, superar essas expectativas desencontradas, guardar um certo carinho... mas tu ficaste nessa de não dar conta... de que meu "canto" te entorpeceria... de que não conseguiria nunca me olhar sem se apaixonar novamente... então não tenho culpa que essa "Jacqueline" só exista na sua ficção... *you should move on...*

Boa sorte,
J.

GRÉCIA E ROMA ANTIGA

A ARMA

Prova de que até deuses, semideuses e heróis brocharam. E viraram piada eternizada nos livros *Satírico*, de Petrônio, e *Amores*, de Ovídio:

A penetração, neste período, era necessária para atestar poder, dominação e status social. E não importava se penetrassem homens ou mulheres. O pênis era arma preciosa desses soldados, erguê-la era gesto de masculinidade e potência. Certa vez, o herói Encolpius, diante de Circe, a julgar pelas suas crenças, sentiu o terrível poder da bruxaria, das forças ocultas e do seu desregrado regime alimentar ao não ser capaz, por três vezes, de alçar sua espada. Deprimido, derrotado e humilhado, Encolpius finalmente recuperou sua virilidade ao ser exorcizado por uma sacerdotisa sádica que o sodomizou com um consolo untado de óleo e pimenta.

Os romanos eram fixados na ideia de (auto)controle, agressividade e virilidade. Adversários políticos e críticos eram agredidos e ameaçados de estupro e sodomia com o intuito de serem subjugados. Qual não teria sido o desapontamento dos impotentes na época? Ainda restaria algum resquício desses desejos sodomitas atualmente? Depreciação e dominação? Especula-se, no entanto, que Encolpius chorou ao não ser capaz de possuir Circe, que tanto o intimidava. Também chorou ainda mais ao ser sodomizado pela sacerdotisa. Dessa vez não de tristeza, mas pela alegria de saber que estava curado e que poderia novamente impor-se diante da sociedade e da mulher.

De Circe, da poderosa Circe, muito admirada e benquista, e de todo seu mundo feminino, nunca se falou da falta de excitação. Deixadas sempre de lado, não se conhece nada das suas ricas experiências e da sua literatura. Acredita-se que, nesse específico dia com Encolpius, Circe também não estivesse muito entusiasmada e por isso teria agradecido aos deuses, ou às bruxas, por tê-la privado dessa noite de barbárie. (Intimamente regozijava-se com o triplo fracasso da arma do herói. Ela se sentiu, ironicamente, a vencedora da noite.) Em outros momentos, no entanto, aceitou muito bem a posição social da mulher na época e foi capaz de sentir prazer, amor e carinho, apesar da sua dolorosa desvalorização.

À LA RECHERCHE
DO ESPELHO JUDAICO

ABRAÃO
O VERDADEIRO POVO DO LIVRO

No século XIX, provou-se cientificamente que a masturbação era a grande responsável pela impotência. O medo habitava o imaginário da população e os jovens, principalmente, passaram a ser vigiados e a viver apavorados pelo fantasma da masturbação. Os médicos e os curandeiros proibiram essa terrível e abominável prática. Além disso, começaram a propor novas formas de tratamento brocha: alimentos, bombas de vácuos, fricções, flagelações e galvanismo surgiram para tentar resolver esse sério problema, porém foram inúteis de uma forma geral. Entretanto, nas últimas décadas do século XIX, os médicos propuseram uma "cura" eficaz e começaram a aplicá-la em larga escala, sobretudo nos Estados Unidos e na Inglaterra. Seu nome: circuncisão.

A argumentação era simples: a existência do prepúcio permite a mobilidade mecânica de "subida e descida" praticada pelos filhos de Onan. Isso, como mostrado, leva infalivelmente à impotência. Sem essa parte, sem essa "pelinha", *voilà*, acabou-se o problema! A circuncisão seria um procedimento "preventivo contra a maldição do autoabuso praticado pelos jovens". O pequeno prepúcio era o "anfitrião do mal do onanismo, sífilis, polução noturna e câncer". Além disso, acreditava-se que a impotência era a "doença" dos velhos e, refugiando-se na Torá, conjecturaram que Abraão, após seu pacto (circuncisão) com o Divino, teria restaurado sua virilidade e potência criando um novo povo glorioso.

Nas entrelinhas lê-se que, portanto, o povo judeu, desde Abraão, não se masturbava, e que todos os idosos eram viris e não sofriam problemas como sífilis, câncer e fimose. Além disso, os jovens judeuzinhos, já que nunca se masturbavam, teriam que se dedicar à única coisa que lhes restava: o livro. Daí o mito da criação do Povo do Livro!

Conjectura-se, no entanto, que médicos, curandeiros e religiosos sempre estiveram completamente errados na crença higiênica e sagrada da circuncisão. Ouviu-se dizer de um jovem judeu, que embora sem o prepúcio, era capaz de se masturbar, nunca tinha brochado com nenhuma mulher e, mesmo não acreditando em Abraão e em toda balela religiosa, dedicou-se impetuosamente aos livros e às suas falácias.

(2008)
Deborah

Não, minhas brochadas não acabaram! Eu tentei, sim, esquecer os cheiros e sobretudo a questão judaica, e criar um mundo de lembranças falseadas e adulteradas. Um mundo em que eu pudesse me assimilar e ser aceito através da literatura, das buscas e conflitos comuns a todos. Das brochadas inerentes a todos nós. Mas não dá, não posso. Não consigo. É preciso falar. Falhar. Escrever. Reinventar mitos e épocas. Ainda devo contar outras mentiras e perversões.
Eu acabei me tornando um cara muito democrático. Brochava com diferentes raças, etnias, religiões. Brochava pelas manhãs, já que estava com muito sono. À tarde, pois era a hora da siesta, e à noite, já que estava cansado demais. A vida é assim, esquenta, esfria; o que ela quer da gente é coragem para a próxima tentativa. Mas a primeira judia, a primeira brochada com o Povo do Livro, essa a gente não esquece. Só inventa.
Será que pela endogamia tradicional judaica o HLA se tornou mais compatível e, por isso, a atração dimi-

nuiu? Será que existe uma compensação entre essa diminuição e um aumento do desejo em virtude da ilusão da perpetuação semita? E os cheiros, como ficariam?

Os judeus também foram muito perseguidos pelo seu cheiro. Grande novidade. Diziam que eles exalavam um odor muito forte de alho e cebola, e que em seus corpos habitava o diabo. Os nazistas, inspirados por essa ideia, também a usaram com o intuito de rebaixar o judeu na escala evolutiva, vendo-o como uma praga, uma besta e com uma fedentina que deveria ser exterminada. Engraçado: nunca senti esses odores nem em mim, nem nos meus pais, nem nos meus amigos (talvez em algum dos parentes de que não gostava). Será que meu nariz sempre esteve com problemas? Mas nós judeus não somos conhecidos também por nosso privilegiado narigão? Seria ele seletivo ou toda essa questão de cheiro judeu é besteira?

Como a maioria dos mitos, a lenda do "mau cheiro judeu" tem uma história complexa. Referências dispersas ao odor desagradável dos judeus existem desde o período antigo. Em um epigrama já do século I, o poeta reclama sobre a respiração pútrida dos judeus durante o Sabá. No final do século VI, outro poeta escreve sobre um mau cheiro característico da "raça judaica". O *foetor judaicus* – o fedor judaico – aparece com força no século IV, mas somente na Idade Média a noção de *foetor* foi consolidada como um componente central do imaginário cristão medieval em relação aos judeus.

É isso aí; talvez Abraão seja verdadeiramente o grande patriarca, não do povo judeu, mas do seu ranço. Essa fedorenta questão ganha força na Idade Média, que passa a considerar o cheiro como uma ferramenta de diagnóstico para discernir a presença do mal. Os espíritos demoníacos emitiriam cheiros pútridos e o próprio Satanás traria um cheiro horrível quando resolvesse aparecer. (Se o Riobaldo fosse judeu, a questão dele já estaria resolvida. Para saber se era pactário ou não bastaria uma averiguação dos cheiros do seu próprio sovaco.) Atribuir um odor estranho aos judeus era compará-los ao diabo, e o fedor judaico funcionava como manifestação olfativa de sua maldade. Sentia-se de longe a fedentina do mal, localizada nas axilas e nos bafos do povo escolhido (escolhido? Para que mesmo?).

Mas existia uma salvação. Pelo menos, até a Shoá, imaginávamos que sempre haveria outra alternativa menos radical. Os criadores do Jesus "pop", então, apareceram com o primeiro perfume para absolvição. Lendas sobre a conversão forçada e o batismo atestavam a capacidade de aniquilar com eficiência a fedentina judaica. A água batismal foi considerada, portanto, o primeiro desodorante e antebafo da história! Esse mito persistiu muito além da era medieval, mas não sem sofrer mutações significativas no período moderno. Algumas imagens do século XVI retratavam os judeus (não convertidos pela aguinha sagrada) sempre com um saco de dinheiro em uma mão e uma cabeça de alho na outra. Eu, particularmente, preferia ter dois sacos de dinheiro nas mãos!

E não para por aí. O mito do mau cheiro judeu adquiriu dimensões cada vez mais raciais entre os séculos XVIII e XX. Quando os judeus alemães começaram a se assimilar, raspando a barba e adotando traje ocidental, os antissemitas recorriam ao *foetor* como uma característica inerente à "raça judaica" – por isso, nenhuma quantidade de água poderia libertá-los. Os alemães não aceitavam a solução do batismo e a conversão da Igreja como o fim do problema judaico.

Mas, claro, quem está imerso inteiramente nesse mundo de odores diabólicos e perversos não consegue muito bem diferenciá-los. Eu sempre achei que meu hálito e minhas axilas exalassem um cheiro aceitável, desde que regularmente inspecionados e higienizados. Então, o acasalamento com alguém da minha raça não emanaria odores abomináveis. Também não seria por isso que a brochada talvez ocorresse, imaginava na época. Ledo engano.

Eu conheci a Deborah em um site de relacionamento judeu. Até que no Brasil isso não é lá tão comum como nos Estados Unidos e na Europa, mas é uma arma poderosa, principalmente para grupos minoritários. Trocamos diversas mensagens poéticas, idealizadas, banais. Ela tinha apenas nascido em São Paulo, mas vivia em Belém, onde há uma mistura incrível de tudo. Índios, mestiços, católicos, evangélicos, afro-brasileiros e até judeus. Ela nunca tinha dado valor à questão judaica, mas a conheci no momento em que desejou saber mais sobre suas origens.

O pai da Deborah não era judeu e sua mãe pouco se importava com essa questão. Depois de ter vivido vários desencontros amorosos e decepções, e buscando o tal do sentido da existência, Deborah resolveu tentar arranjar algum judeu. Começou a frequentar uma pequena sinagoga na sua cidade, composta por poucas famílias, poucas histórias e uma mínima cultura judaica.

Tudo lhe era novo e curioso. Ela começava a compreender algumas minúcias da sua mãe, coisas que ela tinha herdado de seus antepassados e nunca entendia muito bem o porquê. Aos poucos foi descobrindo que várias coisas estavam relacionadas a lendas, mitos e ao misticismo judaico dos seus antepassados alemães. Entretanto, nunca se aprofundou muito, só o necessário para se considerar "judia" e ser desejada por nós, caçadores *kosher*. Ela tinha certo fascínio pelo Povo do Livro. Essa mitificação que lia e fantasiava através dos livros e dos filmes a fez querer mais e mais ser parte de algo. Alguma coisa que fizesse sentido espiritual e cultural. Assim ela imaginava.

Deborah se iludia em relação ao mundo judaico. Quando você não está inserido em algum mundo, cultura ou povo, você costuma invejá-los de certa maneira. Você acredita que exista algo mágico que os une, que os protege e que reconhece e acolhe os "iguais". Você se ilude e acredita querer fazer parte dessa coisa que não entende, e acha que de fato isso é importante e essencial para sua vida. Você se engana, se inventa, se apaixona por algo inexistente.

Acredito que essa questão também esteja relacionada à culpa que sempre permeia o mundo ocidental. E tentar "fazer parte", "pertencer", como bem ponderou Clarice Lispector nesse seu homônimo texto, seria uma tentativa de consertar inconscientemente algo que deu errado, reinventando-se utopicamente. E quando isso acontece talvez seja demais. Demais no sentido de que você não consegue apenas margear a cultura que paquera. Se, por exemplo, você é judeu e quer se tornar católico, você se empenha de todas as formas a ser o mais católico possível. É batizado, vira coroinha da Igreja e passa a ser um chato proselitista (isso vale para os novos evangélicos também). E se você tem outra crença, e se encanta pelo judaísmo, acaba se convertendo, aprendendo hebraico, comendo *kosher* e criticando ferozmente quem critica a questão judaica. (Tudo idealizado e falseado.) Tem uns que viram até rabinos, professores de literatura judaica, tradutores, mas nunca vão entender, sem se magoar, as sutilezas, peculiaridades, críticas e as ironias judaicas. Assim, comovidos e muito coniventes, tornam-se passivos e condescendentes demais com os absurdos da nova religião que abraçam.

Deborah chegou a se envolver religiosamente com o judaísmo. Chegou até a usar a usar saias longas e comer somente comida *kosher*. O fato de ser filha de mãe judia lhe fazia "pertencente" a esse mundo judaico. Ela não precisaria se converter, mas se redescobrir e entender um pouco mais da cultura familiar já quase assimilada à brasileira. Ela buscou perscrutar as suas raízes alemãs e desvendar o seu encantamento atual pelo judaísmo. Coisa que acontece em outras partes também.

Atualmente há uma onda de filossemitismo na Alemanha. A nova geração, diante de um judeu, mostra um carinho, um interesse e uma vontade de ajudar muito além do natural. Eles se tornaram muito atenciosos, políticos e escrupulosos. Até demais. Comovem-se ao ver um judeu, sobretudo em cidades pequenas e do interior. Não seria isso um antissemitismo às inversas? Algo como uma menina trazendo o namorado pela primeira vez para a família conhecer, e todos percebem que o namorado é inteiramente diferente do próprio pai? Quase a imagem inversa revertida? Eu não confio nesse "gostar" sem limites.

Já no Brasil esse filossemitismo pode ser encontrado nos evangélicos, que, em sua grande maioria, nunca ouviram falar de judeus "reais" e apenas leem o relato desse povo supostamente escolhido. E eles adoram as histórias desses heróis levianos e filhos pródigos do Senhor. Super-Moisés, Super-David, Super-Abraão! Já os alemães, acho, gostam dos judeus por culpa e herança históricas, por uma memória inconsciente, pelo modismo e por se acharem extremamente *cools* e os mais civilizados. Os evangélicos admiram tanto os judeus, pois acreditam que Jesus vai voltar quando todos o aceitarem como único e legítimo salvador da humanidade. O chavão deles. E *dale* proselitismo no mundo! Segundo algumas ridículas crenças evangélicas, os judeus teriam sido vítimas dos nazistas pois foram os grandes deicidas da história. Fico imaginando um *ménage à trois* contemporâneo entre um judeu, um alemão e um evangélico. Seria interessante. Todo mundo puxando o saco complexado e desconfiado do judeu! Que confusão. Acho que a Deborah acabou por sentir essas tolices. Ela tinha essa grande admiração pelos judeus e ainda possuía uma veia evangélica e alemã.

Sua família era fruto dessa bagunça brasileira. Mãe de origem judia, vinda de uma família fugida da Alemanha, e que tentou preservar durante muito tempo os valores culturais dessa erudita cultura. Pai católico, mas se tornando cada vez mais evangélico. Irmã, perdida e desamparada culturalmente, que sempre aceitou Jesus como seu salvador. Ela acabou se apaixonando por um *Jewish for Jesus* quando foi fazer intercâmbio na Europa.

E vivendo essa suruba cultural, acabamos nos conhecendo. Embora as palavras já nos fizessem gozar e brochar, resolvemos nos encontrar pessoalmente. E no primeiro instante, no momento em que demos os beijinhos do "muito prazer em te conhecer", já senti que o demônio habitava aquele corpo (e o meu também). E viva o *dibouk*! Agora, refletindo bem, eu acho que eu mesmo nunca comi cebola e alho para me livrar inconscientemente do *foetor judaicus*. Ou será que elas já sentiram o demo no meu corpo? Juliana e Jacqueline? Puxa, isso é uma questão importante e altamente neurótica. Será que já existe alguma máquina de detecção dos próprios odores? Compraria três delas: uma para checar meu cheiro, outra para confirmar o diagnóstico e a última, para quando houver empate. Bom, saber do outro é muito difícil. Talvez impossível. Então continuo com a minha versão diabólica e fedorenta da brochada.

Eu me lembro (e já tinha esquecido e recalcado esses momentos) dos idosos na sinagoga que frequentava se esbaldando com as cebolas, alhos e peixes defumados. E *dale* bafo! Será que a mãe da Deborah tinha sido criada nesse meio também? Por que ela exalava esses cheiros? Bom, eu não tinha gostado da fragrância da Deborah, mas já tinha viajado tanto para conhecê-la que tinha que tentar procurar outros atributos para brecar esses odores. Ela era judia, escolhida e inteligente. E se casasse e tivesse filhos com ela, eu não iria me assimilar totalmente à cultura católica e teria um lar verdadeiramente judaico. (Mas como seria essa casa? Um lar verdadeiramente neurótico-judaico?) Será que essa alternativa muito sonhada me faria impedir que os odores que ela emanava entrassem na minha narina? Eu tinha fé! (Mentira.) Tivemos jantares e encontros bem agradáveis, até que resolvemos (infelizmente) celebrar nossos corpos. Mas o Jacozinho é um membro da comunidade judaica bem sensível, delicado e não desabrocha assim, para qualquer uma. E ele resolveu ficar lá, guardadinho, escondido no que restou do seu prepúcio. Talvez ele tivesse ficado com medo do diabo, dos nazistas, da chegada triunfal do *Mashiach, whatever*. Mas eu levei na esportiva, afinal esse mundo judaico todo é uma grande piada literária.

"Vamos Jacozinho, força! Tá aí. Se você culpou todos seus outros desencontros pela incompatibilidade de crenças e de um futuro assimilado, aí está a judia, autorizada por Moisés e tantos outros a copular e fertilizar a Terra com novos e poderosos judeuzinhos. *¡Arriba la buena onda!* É o povo escolhido para erigir uma nova nação, e é você o eleito para a ereção. *Ale veagshem!* Vamos subir agora e ajudar na vinda do *Mashiach*. 'No ano que vem em Jerusalém!' Não, não faça isso comigo, logo hoje, logo aqui, logo com ela. Não sabe que os judeus são um povo pequeno e que acabam por se conhecer sempre? Brochar agora vai criar o mito do Jacozinho brocha, e aí já era. Você vai ter que achar uma judia lá na comunidade da Ucrânia, daquelas que nunca tiveram acesso à internet e à tv. Vamos, neto do Abraãozinho e filho do Isaquinho! Perpetuação da espécie. Agora ou nunca."

"Nunca", refutou Jacozinho, "nunquinha." E nada deu certo. *The sun shone, having no alternative, on the nothing new.* O cheiro não batia e mesmo fazendo um boca a boca no Jacozinho, que estava afogado, ele não despertava. Talvez os barulhos, ao fundo, das ondas do mar, reconduzissem o Jacozinho para as lembranças da mãe hiperprotetora judia. Ele queria ser acolhido, adulado e colocado para dormir, sem ter muito que trabalhar. Até que, em alguns momentos, esboçava alguma reação e eu ia correndo colocar a camisinha. Mas esses preciosos segundos eram determinantes e Jacozinho já havia se esvaído novamente. Eita garotinho mimado! Se a gente não faz o que ele quer, na hora que ele quer, como ele quer (e com o cheiro que gosta), emburra mesmo. Então foi assim, ou algo parecido, a primeira brochada judaica. Mais referências sobre casos semelhantes podem ser encontradas nos livros da Torá!

Deborah não era especial, não era apaixonante e não era assim tão interessante. Mas ela foi importante para me mostrar que outras coisas eram mais valiosas que a questão judaica. Brochar ou não está muito além do Talmud, da Cabala e da endogamia judaica. (Mentira!)

de: **Jacques Fux** <jacfux@gmail.com>
para: **Deborah** <*****@yahoo.com>
data: 23 de janeiro de 2014 01:42
assunto: Novo livro!
enviado por: gmail.com

Oi, Deborah

Tudo bem? Como estão as coisas aí em Belém? Aproveitando o calorzinho? Estou em Boston e aqui está um frio danado. Se quiser, levo um pouquinho para vocês quando voltar.

Então, estou escrevendo um outro livro, chama-se *Brochadas*. Diferente, né? Inusitado, engraçado, mas também muito profundo. Como verá. E por isso te escrevo. Acho que você ainda se lembra do nosso caso. Queria saber se você também brochou comigo naquela nossa única vez. Nossa única tentativa.

Bom, acho que você sabe que minha literatura não é lá tão simples assim. Eu estou me empenhando em fazer algo sério, difícil e fiel ao que acredito. Por isso estou indo ao limite da criação, conversando com os próprios "personagens" e pedindo que eles participem da obra. Escrevi um capítulo sobre você, mas, confesso, está muito pesado. Gostaria de tentar amenizar a sua surpresa e talvez a sua raiva. Vamos ver se consigo.

Deborah, eu vivo permeado de dúvidas em relação à literatura. E não tenho nenhuma ideia das respostas às perguntas que proponho: O que pode ser esquecido, o que deve ser lembrado? O que é que sofremos pela total incompreensão e o que pode passar a fazer sentido quando conseguimos resgatar esse esvaziamento da memória? Onde começa uma história? Onde ela termina? Em cada história, quantas fronteiras são ultrapassadas, quantas se multiplicam? Do que lemos e do que vivemos, o que fica e o que vai embora?

Assim, Deborah, te pergunto, até que ponto podemos confiar nos escritores? Até que ponto é possível confiar na "Deborah" narrada no meu livro? "Deborah" e você, através de seus testemunhos, seriam capazes de "revelar" a "verdade"? Onde ela se esconde? De quem se afasta? Como os recursos da literatura nos ajudam a sondar as "profundezas" da vida vivida e da vida inventada?

Mesmo assim, mesmo diante de questões perturbadoras e sem resposta, ainda é preciso se questionar muito mais. É necessário sempre desconfiar desse esforço em fazer da literatura (ou do escritor) uma espécie de gênio revelador, capaz de descobrir as muitas "verdades" sobre o personagem. Não é função da literatura fazer (ou não fazer) confiar no autor, muito menos fazer confiar na pesquisa histórica ao se trabalhar com a ficção. O que seria de Borges e de suas invenções e inovações acerca do autor e do leitor se, por exemplo, ele tivesse que apresentar suas fontes bibliográficas (e inventadas) ao fim de seus contos? O que seria de mim, da minha literatura, desse meu livro, se eu tivesse que revelar meus personagens e a contribuição deles no meu próprio texto?

Ao expor ou esconder meus personagens, Deborah, eu discuto a realidade do livro enquanto texto. Nesse caminho turbulento, tento aumentar a possibilidade do real como ficção, como um limite a ser explorado e recriado. Eu te convido, enquanto "personagem" e "pessoa", a (des)confiar de si própria e do texto sobre nós. Assim faço um "trabalho de imaginação e descobrimento".

Entendeu? Eu confesso que não! Mas sigo tentando. Espero só que não se magoe com o que escrevi. E, claro, sua voz será ouvida, se quiser falar!

É isso, Deborah, aproveite essas minhas elucubrações e brochadas.

Beijos,
Jacques

de: **Deborah** <*****@yahoo.com>
para: **Jacques Fux** <jacfux@gmail.com>
data: 25 de janeiro de 2014 01:23
assunto: Re: Novo livro!
enviado por: yahoo.com

Jacques,

Esse monte de explicação que você deu no seu e-mail não serviu de nada para "amenizar" a porcaria de capítulo que escreveu sobre mim. Você é um filho da puta brocha, um judeu neurótico e perturbado e um grande babaca. Se eu tinha gostado do seu primeiro livro, agora vou fazer questão de falar mal de você para deus e o mundo. Um sórdido escritor que rouba as histórias pessoais de outras pessoas, inventa e fabula da forma que julga "bonito", e não respeita ninguém. E depois diz que tudo isso foi escrito por um "narrador" e escreve um e-mail, agora como "outro", tentando explicar o que é literatura, o que é ficção e como a "Deborah" do livro não é a Deborah do e-mail e nem a real. Pois eu acho que você é um filho da puta brocha como "autor", como "narrador", como quem me escreveu essa porra de e-mail e, também, como o Jacques babaca da vida real.

E como assim você ousa falar da minha família? Você não tem a menor consideração pelas outras pessoas? Elas têm uma vida, você não pode simplesmente destruir as crenças dessas pessoas simplesmente porque não acredita e não concorda com elas. Qual o direito que tem de fazer isso? Você não é um "legítimo" representante do que chama "Povo escolhido" e, mesmo tendo sido discriminado e perseguido ao longo de tantos anos, acaba por fazer a mesma coisa? O que os evangélicos te fizeram? E os católicos? E os *Jewish for Jesus*? Deixe-os em paz, olhe para o seu umbigo e perceba o quão preconceituoso e rancoroso você está sendo por nada. Você não conhece essas pessoas das quais critica a fé. Você tem todo direito de não acreditar em nada, de não idolatrar ninguém, nem a literatura, mas não pode perseguir os pobres coitados religiosos. Se eles querem te converter, se eles querem te mostrar o que julgam ser o caminho da salvação, respeite-os, mas não os culpe pelas suas neuroses, seus rancores e suas brochadas. Impotente e babaca, como você, tem em todo lugar com todo tipo de fé.

Se eu brochei com você, como, seu desgraçado? A gente ficou junto uma vez, e foi nessa única vez que você não conseguiu fazer nada. Agora você me escreve dizendo que eu estava fedendo, que eu teria herdado essa merda de *foetor judaicus*, vai tomar no cu. Acho que você tem que sair do armário se não consegue comer ninguém.

Se você diz que eu não era tão especial assim, por que escrever sobre a gente? Eu também nunca te achei nada de especial. Não nos envolvemos sentimentalmente e o que aconteceu foi uma grande besteira que fiz na vida. Agora tenho mais que certeza disso.

Literatura, Jacques, não é isso que você está fazendo e nem argumentando que faz. Você está roubando, usurpando, falsificando e sacaneando as pessoas que são reais, que existem e que vão se ofender com o que está escrevendo. "Imaginação e descobrimento"? Você está adulterando a minha vida ao imaginar um monte de besteira sobre mim e minha família e desnudando a verdade, a minha verdade, as minhas origens e os meus sentimentos. Gertrude Stein uma vez disse para Picasso: "Pinte o que está realmente lá. Não somente o que você consegue enxergar, mas o que realmente existe lá." Então represente-me como sou, e não somente como você pode ver (e brochar), Jacques.

Só posso dizer que achei tudo desprezível, Jacques. Tudo de péssimo gosto, e uma grande mentira.

NO TALMUD

BAVA METZIA 84: DANOS

O TAMANHO DOS SÁBIOS

Pergunta: Rabi Yochanan afirmou que o "membro" de Rabi Yishmael, filho de Ravi Yosi, era como uma garrafa e equivaleria a nove *kavim* (correspondente ao volume de duzentos e dezesseis ovos ou 10,8 litros). Rav Papa afirmou que o "membro" de Rabi Yochanan era grande, mas equivaleria a cinco *kavim* (ou, de acordo com outros rabinos, equivaleria a três *kavim*). A *Gemara* continua e diz que o "membro" do próprio Rav Papa era grande como uma cesta de vime da Harpania. Por que os grandes Sábios da *Gemara* estariam discutindo o tamanho de seus "membros"?

Rabi Yochanan, encontram-se relatos, sofria de ansiedade, e só os estudos rabínicos não o preenchiam. Yochanan era obeso mórbido e glutão, mas muito admirado pela sua inteligência. Certa vez, um de seus maiores adversários políticos, Rabi Shmuel, querendo denegrir sua imagem, disse que Rabi Moishe não era de fato filho legítimo de Rabi Yochanan, já que a imensa barriga do sábio impediria a penetração e a perpetuação sagrada de sua linhagem. Além disso, provocando ainda mais, Rabi Shmuel disse que obesos mórbidos não seriam capazes de manter seus membros eretos por muito tempo, conjecturando que o importante sábio Rabi Yochanan era brocha, uma maldição imposta por Deus, como aquela descrita em Gênesis (20:6) a Abimeleque ("Então Deus lhe esclareceu: 'Bem sei que fizeste isso de coração puro, e fui Eu quem te impediu de pecar contra mim, não permitindo que a tocasses.'"). Visivelmente perturbado e aborrecido, o grande Sábio daria início à discussão acima, mostrando que o tamanho do membro importa e que não era brocha coisa nenhuma.

Acredita-se, no entanto, que a esposa de Rabi Yochanan, apesar de ter concebido vários filhos do marido, nunca o amou. De fato, Yochanan sentia mais prazer com a comida que Rachel preparava do que com as noites em que tinha de satisfazê-la segundo os princípios religiosos. Rachel, inteligente e perspicaz como só as mães judias podem ser, arquitetou um plano *à la* Nelson Rodrigues e se empenhou em preparar os melhores pratos *kosher* da história judaica. Se a comida, durante épocas, tinha um tempero afrodisíaco, Rachel desenvolveu a culinária do gozo, já que Rabi Yochanan literalmente gozava os prazeres do corpo durante as muitas refeições preparadas, sem carinho e amor, por sua esposa Rachel. E foi por isso que circulavam os boatos que Rabi Yochanan era brocha, o que de fato aconteceu após a sábia estratégia adotada por Rachel.

À Rachel, assim como a muitas mulheres ortodoxas, sempre incomodou a obrigação (*mitzvá*) de receber os pequenos carinhos que Yochanan lhe fazia antes do sexo. Ela almejava mais, muito mais. Ela queria que as carícias, as poesias e as rezas fossem espontâneas e revelassem o verdadeiro amor do ser humano, e não apenas mostrassem que os religiosos fossem todos tementes a Deus.

(2009)

Sarah

A busca por essa endogamia brochante ainda me proporcionou outros momentos interessantes. Hoje hilários, na época meio pavorosos. Como já dizia outro brocha: "Há mais mistérios entre o céu, a terra, o falo e a vulva que a nossa vã filosofia e literatura hão de imaginar." Desconfio se essa misteriosa história com Sarah aconteceu mesmo, apesar de ela ser perfeitamente possível. O fato é que meus sentimentos inventivos, minha luta contra a assimilação e minha admiração pelo Povo Brocha do Livro ainda continuou (e persiste) durante as mais picantes histórias. Vá entender os limites criativos e traumáticos do ser.

Conheci a Sarah ainda na tentativa de perpetuar a espécie *judaicus-erectus*. O meu primeiro encontro judaico tinha sido literalmente brochante. Mas, mesmo assim, eu tinha fé. Se a fé move montanhas, ela certamente levantaria o Jacozinho. Voltei a mandar mensagens para judias supostamente interessantes no tal do site de relacionamento. Foram muitas mensagens.

Nesses sites você tem que pensar probabilisticamente. Se você não é nenhum Rodrigo Santoro Cohen, ou um George Levy Clooney, as chances funcionam na casa do 1%. Então para que você receba uma resposta, qualquer que seja ela, tem que mandar algo em torno de cem mensagens. Obviamente, as três primeiras respostas são de gordinhas, em torno dos quarenta anos, que até devem ter uma "resposta automática" para todos os pretendentes. É assim, se é para ser do tal do povo escolhido, que tenha muita coragem.

Então mandei centenas de mensagens e finalmente conheci a Sarah. Apaixonei-me por ela: uma encantadora psicanalista do interior do Rio de Janeiro. Voei para lá e ficamos juntos um tempo. Apesar de o primeiro encontro ter sido meio estranho, o que é perfeitamente compreensível, acabamos nos entendendo. Tivemos ótimos momentos, conversas incríveis e nossos corpos se encaixaram surpreendentemente bem. Teria encontrado a minha Cleópatra Goldman? Pararia finalmente de sair brochando por aí? Já poderia começar a juntar grana para o *Bar Mitzvá* dos meus filhinhos? Acho que não. Quando a gente quer casar, analisa também o tal do "pacote completo". As vovós, vovôs e titios dos nossos futuros filhinhos são fundamentais na escolha. Não seriam eles que, de alguma forma, fariam parte da educação dos meus filhos? Infelizmente a família da Sarah era um pouco complicada.

(E a minha também.) O "pacote" herdado por ela era de muito silêncio, dor e discussão.

O avô de minha então namorada tinha conseguido sobreviver aos campos de concentração. Não sei se a palavra correta é sobreviver. Digamos: ele não morreu, mas também não foi capaz de viver os anos que se sucederam. Casou, teve filhos, mas nunca conseguiu se desvencilhar dos horrores pelos quais passou. Experiências horríveis, indeléveis e quase indizíveis. Limitações, reconstruções e traumas.

A mãe de Sarah sentiu na pele a dor da ausência sentimental e da impossibilidade de carinho. Ela e seu pai nunca tiveram uma relação de cumplicidade, amizade e carinho. Pelo menos é assim que reconstruo as lembranças da minha ex. Segundo ela própria, sua mãe e seu avô brigavam demais, já que sua mãe exigia amor, o que lhe era de direito como filha, mas só recebia frieza, distância e silêncio. A mãe de Sarah viveu, e ainda vive uma dor intensa, e procura inventar alguma história para se acalmar, aceitar o destino e as privações que essa desencontrada relação lhe trouxe. É uma dor e um sofrimento que nunca se acabam.

A mãe de Sarah foi diagnosticada como esquizofrênica. Sofre invenções e criações constantes com a figura do seu pai. Tem se medicado, mas em alguns momentos a "loucura" reaparece, dando lugar a muita dor. Dor que atinge a toda sua família. Que se perpetuou, de alguma forma, na relação dela com o marido. Dela com seus filhos: a terceira geração, ainda cheia de cicatrizes mal curadas. Sua mãe sempre viveu as marcas indeléveis de Auschwitz, mas nunca conversou com o pai sobre isso. O silêncio reinou durante anos na sua casa e criou filhos traumatizados, silenciosos e "ficcionistas". Ela nunca entendeu muito bem o que aconteceu com seu pai, aprendeu em meio a fofocas, notícias, livros e filmes.

Com o fim da Segunda Guerra, a geração do avô da minha ex tentou retomar sua vida, que estava totalmente perdida. Ele tentou voltar para sua casa na Polônia, e a encontrou em posse de outros donos. Imagino sua sensação de dor ao descobrir que o mundo tinha prosseguido normalmente mesmo em meio às atrocidades que aconteciam muito próximo dali. As famílias, entre elas a que tomou posse da casa do seu avô, levavam uma vida extremamente ordinária, embora vivessem permeadas pela fumaça dos corpos cremados que ofuscava um pouco a paisagem bucólica daquelas pequenas cidades interioranas. Seu avô e seus amigos até sonharam em partir para a Palestina, terra encantada, mas que não mais se acreditava ser a pátria de um povo realmente escolhido. Esse mesmo povo, antes temeroso e fiel a Deus, que vagou durante séculos sem rumo, sem lar e sem esperança, finalmente constatou, entre as cinzas e os corpos do inferno de Auschwitz, que esse Pai nunca havia existido, ou que sempre os havia abandonado. Além disso, não se aceitava esse tipo de imigrante na Palestina em virtude do domínio inglês. O mundo não conhecia as histórias, os traumas e a grande tragédia dos Campos de Extermínio e por isso os confrontava constantemente. Outras questões ainda habitavam o imaginário popular. Quem eram os culpados pelas atrocidades e pelos absurdos inimagináveis até então nunca vistos? Como um aglomerado gigantesco de judeus se deixou abater por um número muito menor de alemães? Os que sobreviveram foram colaboradores dos nazistas? O que foram capazes de fazer para sobreviver? Isso tudo era "real" ou era uma invenção judaica para comover o mundo? Isso tudo foi demais, mesmo para toda crueldade já experimentada na História.

A própria figura do avô de Sarah, testemunho traumatizado e calado, passou por diversas e paradoxais mudanças ao longo da História. Inicialmente, entre os anos 1945 e 1960, os judeus sobreviventes foram condenados e chamados de fracos e traidores; após 1960, foram condecorados por bravura e coragem; e hoje são cultuados como heróis e belíssimos escritores.

Que herança dolorosa era essa que a família da minha ex recebia? Herança maldita e quase impossível de se desvencilhar? De fato, isso era muita informação contraditória e confusa para a mãe da minha ex. Não a culpo por sua esquizofrenia.

Numa das minhas viagens ao Rio de Janeiro, acabei me hospedando na casa da minha namorada. Uma casa bem legal, grande e com vários livros e pinturas. Sempre me interessei por quadros e, sobretudo, por livros. E basta uma breve examinada na biblioteca para saber a cultura e, talvez, os valores e as crenças da casa. Vi algumas obras que não conhecia e depois fui investigar. Algo na capa dos livros e nas pinturas me deixou muito curioso. Vi livros de Ka-Tzetnik, alguns *Stalags* em hebraico e pinturas de um tal de Boris Lurie, que me chocaram bastante. Como sou estudioso impotente do tema, comecei a entender alguns dos desentendimentos que tive com Sarah por assuntos que eu julgava banais. O Jacozinho, claro, começava a se apavorar.

A geração da mãe de Sarah "fantasiou" o que teria acontecido com seus pais, durante a Shoah, através da literatura. Os *Stalags* que lá encontrei eram, na verdade, livretos de conteúdo pornográfico nazista e com histórias chocantes. O tal do escritor israelense Ka-Tzetnik era um sobrevivente que tinha escrito alguns testemunhos de sua própria passagem pelo "inferno" dos campos, mas em seus relatos aparecia muito conteúdo sádico, relatando estupros e abusos sexuais cometidos pelos nazistas. Tudo muito complexo e um pouco secreto. Ainda havia o Boris Lurie, criador do *No! Art Movement*, que ficou muito conhecido por expor fotos de mulheres sensuais americanas (*pin-up girls*) junto às fotos de corpos empilhados e sem vida encontrados pelos russos e americanos ao "libertarem" os Campos de Concentração e Extermínio. Chocante. Eu até tentei perguntar para Sarah sobre isso, mas ou ela não sabia nada sobre o assunto ou a dor e o espanto dela eram tamanhos que não conseguia falar sobre esses eventos. Descobrir e não compreender seus próprios pais e avós é um processo um tanto difícil, e infelizmente Sarah teve que passar por isso.

Assim, buscando entender um pouco mais da família da minha namorada, pesquisei sobre essas questões bem brochantes. O *Stalag 13* conta a história de Mike Baden, um piloto inglês que fica preso em um dos Campos nazistas e, de repente, se vê na mão de um regimento SS composto somente de mulheres, com roupas e corpos provocantes, e que o exploraram sexualmente. Um tesão sádico. O livreto narra muitas práticas sadomasoquistas e, ao final de tanta exploração e tortura, esses prisioneiros de guerra conseguem se libertar e se tornam os torturadores e exploradores sexuais das SS. As vítimas buscavam vingança e a perpetravam com extrema crueldade.

Já o escritor Ka. Tzetnik havia publicado em 1953 o livro *House of Dolls*, com forte conteúdo erótico, que descrevia um suposto bordel de Auschwitz, conhecido como Joy Division. Neste local, os soldados nazistas teriam relações sexuais com prisioneiras judias. Esse escritor ficou conhecido quando testemunhava durante o julgamento de Eichmann. Visivelmente transtornado ao relembrar o que chamou de "crônicas de outro planeta", Ka-Tzetnik desmaiou no meio do tribunal. Anos mais tarde, o escritor disse que desfaleceu, pois o mais pavoroso em Auschwitz foi compreender que ele próprio (ou todo ser humano) teria sido capaz de fazer o que os nazistas fizeram: "Eu fiquei com medo de mim mesmo... Eu vi que era capaz de fazer exatamente isso. Eu sou... eu sou exatamente como ele. Eichmann está em todos nós."

Será que tudo isso tinha de fato acontecido de alguma forma ou era tudo ficção? Uma biblioteca teria sido descoberta e todo conhecimento, verdadeiro ou fictício, estaria na casa da minha ex-namorada? Coisas muito estranhas. E só essas questões já me bastariam para brochar eternamente naquele lar, mas persisti na investigação dos quadros que estavam lá e eram meio sinistros.

Boris Lurie trabalhou com temas e colagens que discutiam a posição contemporânea da Shoá e da pornografia. Assuntos como repressão, depravação, censura, sexo, colonialismo, imperialismo e racismo, juntamente com suas implicações psicológicas, tornaram-se temas importantes.

Para o artista, a Shoá era papel central na sua arte. Ele resgatava suas próprias memórias e as incorporava em seus antigos trabalhos. Corpos femininos nus e cadáveres encontrados nos Campos mostram tormento, sadismo, nudez, crueldade e a "pornografia da morte" que, segundo o artista, despertava e desencadeava as lembranças recalcadas dos sobreviventes. Tudo muito chocante e bastante brochante. Eu começava a entender, pelo menos, a escolha de Sarah, e de sua mãe, pela psicanálise e psiquiatria. Confesso que gostei bastante da Sarah. Ela era uma mulher profunda, muito interessante e muito atenciosa. Estava empenhada na nossa relação e queria, até mais que eu, constituir uma família judaica. Ela era carinhosa, inteligente e muito sensível. Mas tinha muitos momentos de instabilidade e fúria. Isso me assustava bastante. Nós nos encontramos algumas vezes nessas viagens de "lua de mel" e vivemos bons instantes. Relações a distância são boas nesse sentido: o encontro é sempre regado a amor, confidências e muito sexo! A distância, por outro lado, sempre era um grande problema: motivo de brigas e do comportamento raivoso da Sarah.

Algo me incomodava nela e nessa sua história herdada. Ela não tinha como fugir e superar seu passado, pelo menos até o nosso encontro. Vivia o tempo todo mudanças bruscas e intempestivas de humor que, a meu ver, atestavam alguma questão muito mal resolvida. Esses momentos eram de muita raiva, muitos gritos, muita violência, algo extremante excessivo. E o pior de tudo aconteceu quando estávamos transando um dia. Aquilo foi a minha epifania brochante.

Hoje eu não sei e não entendo muito bem o que ela queria naquele momento, mas eu estava tranquilamente, e muito excitado, com minha boca entre as suas pernas, me dedicando exclusivamente a lhe dar prazer. Ela adorava esses momentos e já tinha gozado muitas outras vezes assim. Mas aquele dia foi diferente. Nunca entendi o motivo. Eu estava muito excitado e a chupava com muita volúpia. Lembro-me que ela falou alguma coisa, mas lá embaixo não dava para ouvir muito bem. Entre pernas, lábios e muitos líquidos a gente acaba se perdendo. E continuei chupando a deliciosa Sarah. Mas qual não foi meu espanto quando ela me empurrou, me xingou, se esgoelou e me mandou que saísse logo dali. Que pânico, meu deus! "O que teria acontecido? Os nazistas teriam voltado? Os terroristas do 11 de setembro teriam jogado seus aviões no prédio da Sarah? O tão esperado terremoto, *the big one*, no Japão estava acontecendo ali, no Rio de Janeiro mesmo? Puta que pariu! Socorro!" Quase tive um infarto. E olha que eu nem tinha libertado o meu Jacozinho. Agora que ele não iria dar as caras mesmo. Nunca mais com ela. Que medo!

Alguns minutos depois do chilique, desse *bloomsday*, Sarah retornou aos meus braços, toda manhosa, carinhosa e disse que queria que eu recomeçasse. Não pediu desculpas nem nada, só começou a me acariciar, beijar, lamber. Ela queria que eu a comesse e que voltássemos a ser "felizes". Que loucura! Dá para acreditar? Eu juro que até tentei, mas meu coração estava disparado demais. Eu tinha experimentado a loucura (na falta de termo melhor) bem na minha cara. Quase me socando. Não teria como continuar. Jacozinho parecia mais um clitóris, de tão perdido e miniaturizado que estava. Até tentei, como um verdadeiro nazista, cumprir as ordens dela, mas não consegui, não consegui mesmo. Ficar duro depois daquela assustadora cena? Nunca mais. Naquele momento as imagens das perversões de Lurie, Ka-Tzetnik e dos *Stalags* começaram a passar como um filme na minha cabeça, e fiquei ainda mais angustiado e ansioso. Senti-me em meio aos corpos sem roupa e sem vida. Não experimentei nenhum prazer ao ver uma mulher despida ao meu lado, assim como as mulheres sensuais retratadas por Lurie só despertavam repulsa da vida e de toda vontade de viver. Constatei que aquilo tudo era muita loucura para o próprio Jacozinho. Perdoe-me, Sarah, eu tive que fugir. Coloquei minha roupa, dei uma desculpa e parti brochado. (Assim romantizo.) Não nos vimos mais, e acho que ela nunca compreendeu muito bem o motivo da minha partida, da minha apatia, do meu silêncio.

de: **Jacques Fux** <jacfux@gmail.com>
para: **Sarah** <*****@gmail.com>
data: 27 de janeiro de 2014 07:12
assunto: Novo livro!
enviado por: gmail.com

Oi, Sarah,

Tudo bem? Tenho visto suas novidades no Facebook! Que bom que está bem! O Facebook é ótimo: só mostra os nossos bons momentos.

Bom, estou escrevendo outro livro. Vamos ver o que vai sair dessa vez. Eu ainda ando tentando entender um monte de coisa, e ando roubando outras tantas, mas no fim busco algo diferente. Será que conseguirei? Uma das questões do novo livro é tentar compreender esse lance da herança judaica, da herança traumática e muitas vezes maldita. Por que a gente não consegue se desvencilhar disso tudo? Será que a nossa geração ainda vive o passado sofrido dos nossos avós? Será que a assimilação não seria um caminho interessante também? Mas acho que você, como eu, não concorda com essa última opção. Sempre fica martelando na nossa cabeça a perpetuação da cultura e aqueles nossos parentes que foram mortos por continuar acreditando nessa milenar cultura judaica.

Quando penso nessa herança histórica e nos caminhos do povo judeu, sempre me lembro de uma parte do filme *Pulp*

Fiction, quando o capitão Koons entrega o relógio para o filho do seu grande amigo, que tinha morrido na guerra, e conta a história da importância (e o local) de ter guardado essa valiosa relíquia: "The way your dad looked at it, this watch was birthright. He'd be damned if any slopes gonna put their greasy yellow hands on his boy's birthright, so he hid it, in the only place he knew he could hide something: his ass. Five long years, he wore this watch up his ass. Then he died of dysentery, he gave me the watch. I hid this uncomfortable piece of metal up my ass for two years. Then, after seven years, I was sent home to my family. And now, little man, I give the watch to you." Essa herança toda que recebemos talvez seja, na verdade, uma grande maldição, sei lá. E para ser preservada temos, muitas vezes, que escondê-la no pior dos lugares. Nós, de alguma forma, recebemos esse tal relógio e somos irracionalmente obrigados a protegê-lo só porque nossos antepassados os protegeram.

Então, estou te escrevendo pois você é uma "mulher-capítulo" do meu *Brochadas*. Espero que entenda a construção do texto e a minha busca pessoal por explicações. Lamento ter exposto a privacidade da sua família, mas, assim como eu próprio me revelei, estou contando a sua história como uma das muitas dessa sua geração, neta de sobreviventes. O compromisso aqui é com a "verdade" histórica, assim acredito.

Essa parte da nossa história judaica precisa e deve ser ensinada de forma séria e histórica. Não sei se cabe o uso da ficção aqui, corremos o risco de adulterar demais a tentativa de representação dessa grande catástrofe. Tentei ser o mais correto possível, mas, claro, nunca conseguirei. Espero que possa ajudar de alguma forma.

Gostaria, se quiser ajudar, de saber se você alguma vez já brochou comigo. Se puder escrever uma resposta comentando o capítulo e essa pergunta, agradeço. Desculpe a franqueza, Sarah, mas acho que foi por isso que me silenciei, e me tornei frio, após aquele nosso último encontro.

Boa sorte,
Um beijo,
Jacques

de: **Sarah** <*****@gmail.com>
para: **Jacques Fux** <jacfux@gmail.com>
data: 5 de fevereiro de 2014 17:38
assunto: Re: Novo livro!
enviado por: gmail.com

Jacques,

Não gostei de você ter exposto minha família, principalmente minha mãe. Ela já viveu tanta coisa com seu pai, e com suas dolorosas e traumáticas lembranças, e você ainda pretende nos causar mais dor? Por quê? Será que expor a dor do outro, será que expor a própria dor, é uma forma de expiação? Duvido.

Essa nossa herança é sim muito dolorosa e muito pesada. Mas ela é linda, Jacques, você não enxerga essa beleza? Você não percebe que, talvez, a nossa cultura seja uma das mais antigas e preservadas durante toda a História? Você não se orgulha de ser parte de um povo milenar, que nunca teve uma terra, mas que sempre buscou a concretização desse sonho? Você tem que respeitar a memória dos milhões de judeus que desapareceram e levaram consigo as suas muitas histórias que nunca poderão ser contadas e recriadas. Não foram apenas vidas que desapareceram, Jacques, foram as muitas possibilidades de, talvez, um mundo melhor. Essas vidas desgraçadas e exterminadas poderiam ter contribuído para novas descobertas na medicina, na tecnologia, na literatura... e essas pessoas poderiam ter experimentado talvez um pouquinho de felicidade, de carinho e de amor... motivo único da nossa existência.

Por que você revela a nossa intimidade? Você está buscando o quê? Falar do que você chama de "loucura" vai te fazer entender o motivo da sua brochada? Ai, Jacques, por favor. Não aconteceu nada daquele "chilique" que você narra. Quem está maluco é você! Você rouba momentos em que se envolveu com outras pessoas e adultera, remodela e publica essas adulterações.

"Verdade histórica", Jacques? Você, dito estudioso, acadêmico e erudito, reconstrói através de palavras "pobres" o que você mesmo diz que não pode ser "narrado". A grande questão do testemunho, e que esses autores que você cita e diz tê-los descoberto na casa da minha mãe tratam, é a impossibilidade de falar, de narrar, de resgatar certas lembranças. Você faz justamente o contrário, Jacques. Você escreve o que não se pode escrever, você ensina o que não se consegue ensinar, você inventa e adultera aquilo que não podemos falsear. Um criminoso histórico-literário, talvez seja isso o que você é na verdade.

Sabe, Jacques, enquanto você escreve sobre a "pornografia" em Ka. Tzetnik, nos *Stalags* e em Boris Lurie, eu prefiro me lembrar de algo mais singelo e mais sensível que também aconteceu durante a Shoá. O lindo despertar da sexualidade, e do desejo feminino mesmo em meio à Guerra. A vontade de viver, de amar, de sentir os prazeres, mesmo sabendo que Auschwitz existia e que era o mais impetuoso destino. Conhece o *Diário de Rutka*? O livro também estava nas estantes lá de casa, e você não o viu. Essa linda menina de quatorze anos, que morreu nas Câmaras de Gás, deixou seu diário com a amiga que o escondeu por sessenta anos. Nele ela narra seus medos, seus anseios, e o despertar do desejo. Olha que lindo: "Desconfio que despertou em mim a mulher. O que eu quero dizer é que ontem, quando eu estava deitada na banheira e a água acariciava meu corpo, ansiei por ser acariciada pelas mãos de alguém... Pois, apesar de todas as atrocidades, a gente quer viver." Nesse diário onde ela relata seu prazer e o seu amor, ela também encara e discorre sobre os mais terríveis acontecimentos bem próximos dela: "Um soldado arrancar um bebê dos braços da mãe e, com toda força, estourar sua cabecinha contra um poste. Os miolos se espalharam, a mãe teve um ataque, eu descrevo isso como se fosse a coisa mais natural do mundo, como se eu fosse um militar acostumado às brutalidades da guerra e, no entanto, sou muito jovem, tenho catorze anos, não vi muitas coisas na vida e já estou tão indiferente." Lendo essas coisas tão profundas que ela escreveu, e sabendo de seu terrível destino, eu penso que a Guerra seja a única coisa realmente brochante, Jacques. A única coisa sobre a qual realmente valha a pena tentar escrever. E que nunca devemos nos esquecer de lembrar.

Se eu já brochei com você, Jacques, isso é uma coisa muito pessoal. Muito íntima, não saio por aí falando sobre isso e nem escrevendo para que todos possam ler. E nem invento como você. Assim como gostaria de resguardar o sofrimento de minha mãe e de minha família, gostaria de preservar o meu prazer. Não são sentimentos iguais, Jacques? Prazer, dor; vida, morte; crença, ceticismo; brochada, potência?

É isso, Jacques. Até mais.
Sarah.

SÉCULO XX
ADEUS ÀS ARMAS

A visão dominante até o século XX era de que o homem tinha que ser viril, forte e potente. Homens brochas não eram considerados masculinos e, por isso, se buscava tanto uma "solução" para esse problema. Porém, nesse século de guerras mundiais, vários sobreviventes e ex-combatentes retornavam aos seus lares transtornados e, algumas vezes, física ou psicologicamente castrados. Mas era necessário manter a imagem de masculinidade, mesmo abalada pelos traumas da guerra. Surge então, na literatura, na voz de grandes e importantes escritores, uma nova forma de discutir a questão através do viés psicológico-psicanalítico.

Tendo participado da guerra e, por certo, com feridas difíceis de fechar, Ernest Hemingway começa sua literatura com as seguintes linhas dirigidas à Georgette: "She cuddled against me and I put my arm around her. She looked up to be kissed. She touched me with one hand and I put her hand away. Never mind. What's the matter? You sick? Yes." Apesar de nunca explícito, conjectura-se que seja a impotência essa sua "doença" herdada na guerra.

James Joyce, impotente como jovem artista e ser humano, que leva ao limite as questões sexuais, pessoais e psicanalíticas, constrói seu famoso personagem Leopold Bloom com uma limitação, digamos semibrocha, em relação à sua Molly: "An approximate erection: a solicitous adversion: a gradual elevation: a tentative revelation: a silent contemplation." Aqui Joyce constrói brilhantemente essa dualidade entre desejo/falta, vontade/fraqueza, ereção/brochada. Ele ainda continua brincando com as palavras e com os sentimentos: "A silent contemplation: a tentative velation: a gradual abasement: a solicitous aversion: a proximate erection."

A figura do brocha na grande literatura do século XX estava criada e ratificada por esses complexos e profundos escritores. Os dois "drinking buddies" se encontravam frequentemente em Paris e diz-se que um dia o frágil, raquítico e vesgo Joyce, após quase entrar numa briga no bar, refugiou-se atrás de seu *buddy* Hemingway, que era bem mais forte e alto, e gritou: "Deal with him, Hemingway, deal with him!" Conjectura-se que um leitor homofóbico teria chamado Joyce de bicha e brocha, "faggot and impotent". Em defesa, Hemingway teria argumentado que os seus personagens e os de seu *buddy* seriam sim brochas, mas por um viés muito mais metafísico e artístico do que aquele *asshole* poderia conceber.

Já sobre as personagens Georgette e Molly sabe-se muito pouco, principalmente depois do "adeus às armas" de seus parceiros-personagens. Imagina-se que Georgette tenha ficado realmente consternada com os traumas de guerra e a impotência de Jacob, personagem de Hemingway. Já Molly nunca teria realmente compreendido essa "quase ereção" durante os dez anos que passou com Bloom. Ainda especula-se que ela teria sido a verdadeira onanista joyciana, e não Bloom. Essa seria portanto a legítima e cultuada "geração perdida". Perdida em meio à impotência, ao trauma e à depressão da vida, segundo a amiga dos escritores e erudita Gertrude Stein: "That is what you are. That's what you all are... all of you young people who served in the war. You are a lost generation. You are all impotent."

(2013)
Leah

A figura do brocha no século XIX era bem caricata. Alguns manuais médicos da época davam dicas para reconhecer um brocha: "Tem poucos cabelos, tez pálida, carnes moles e sem pelos, voz aguda, cheiro adocicado, olhos tristes, testículos pouco desenvolvidos, apatia moral, fraqueza, ombros estreitos." E esses brochas, quando casados, por não satisfazerem suas mulheres, podiam causar doenças perigosas nas suas parceiras como a ninfomania, a erotomania, a insônia e a catalepsia. Pelo menos eu nunca fui assim. Ufa! Mas a questão de brochar era ainda mais abrangente e intrigante do que eu poderia imaginar. Existiam as questões psicológicas, instintivas, culturais, judaicas, sentimentais, literárias, políticas e mágicas. Sou até capaz de me surpreender com as ereções que tive em meio a tantas neuroses. Ter um momento ereto controlado é algo realmente glorioso! Surpreendente! Isso sim lhe dá uma sensação de poder!

Falta ainda, no entanto, com o intuito de esgotar as possibilidades brochantes, analisar um pouco melhor a questão dos sentidos, essa nossa porta de entrada para a experimentação e percepção do mundo e do outro. É algo fundamental para compreender a brochada que dei com a Leah.

O cheiro, sem dúvida alguma, é um grande problema, mas também uma boa justificativa. Se o cheiro bateu, a questão instintiva está resolvida e a chance de uma boa transa é grande. Mas será que sempre foi assim? Digo: será que de forma racional o olfato sempre teve uma posição privilegiada em relação aos outros sentidos? Ou todos os sentidos seriam igualmente importantes? Surpreendentemente não, se olharmos a História. A filosofia o colocou, junto ao paladar, na mais baixa hierarquia dos sentidos. Estaríamos favorecendo o nosso lado animal ao valorizá-lo em excesso. E a racionalidade sempre quis fugir desse mundo animal.

Atualmente, acabamos por privilegiar a visão em detrimento do olfato. E nos excitamos muito mais ao ver uma bundinha do que ao senti-la. Talvez isso aconteça pois hoje temos muito mais acesso à visão e ao olhar, já que os cheiros têm sido de alguma forma recalcados. E nos excitamos bastante com o que vemos. A pornografia na internet, por exemplo, amplia o poder erótico e inventivo da imagem e elimina nossos outros sentidos. Estamos empobrecendo as relações, mas aumentando a ficção? Será que num futuro não muito distante vamos ter muito mais escritores e poetas louvando as belas e novas musas virtuais, mas completamente brochas, já que não terão assimilado a arte do toque e o poder do perfume? Estaríamos criando uma geração de eréteis cibernéticos e brochas reais? (Isso aconteceu comigo em relação à Leah. Uma linda mulher. Um maravilhoso canto virtual. Um beijo e uma brochada decepcionantes.) Como entender essas relações? Seria tudo ficção?

Desde o final do século XVIII, e sob o ponto de vista da estética clássica, o cheiro era classificado como o mais inferior entre os sentidos. Na época, imagino, os filósofos já teorizavam as brochadas do "porvir", mas não sabiam disso. (Por isso esse meu livro é tão importante!) O tal do Kant classificou o olfato como "o ingrato e mais dispensável" dos sentidos, já que sua quantificação seria muito mais subjetiva que objetiva. Ao caracterizar o olfato e o paladar como formas subjetivas, em vez de percepção objetiva, Kant colocou em dúvida a capacidade desses inferiores sentidos de contribuir para o conhecimento epistemológico. (Que confusão!) Segundo o brocha alemão, poderíamos quantificar a beleza, o tato e a audição, mas não o olfato e o paladar. Assim, uma mulher bonita seria quase unanimidade (claro, avaliando a questão cultural e histórica), porém uma mulher cheirosa ficaria muito difícil de quantificar. Acho que aí o Kant errou na teoria das brochadas: é mais fácil brochar com uma mulher bonita com um cheiro não compatível do que com uma mulher não tão bonita, mas com um perfume maravilhoso. Mas tudo bem, vamos dar um desconto, o tal do Kant nem deve ter encontrado uma mulher para conseguir entender as questões realmente mais importantes da vida!

Outras objeções levantadas por Kant contra o olfato incluíam a restrição à liberdade individual, a qualidade fugaz e efêmera, e a infeliz capacidade de despertar repulsa. Acredito que pelo menos aí ele tenha acertado na questão levantada pela minha *Ilíada* das brochadas. Ao longo de seus trabalhos, ele descreveu a capacidade de um mau cheiro sobrecarregar o nariz e provocar náuseas, coisas "baixas" de que ele queria se livrar. Bom, sabemos disso muito bem, não é preciso tanta filosofia barata assim.

Já um russo, daqueles que tomam pouco banho, e de uma escola diferente daquela de Kant, também contribuiu um pouco mais para o entendimento do olfato. Estudando a questão do grotesco, Mikhail Bakhtin priorizou as aberturas do corpo, incluindo o nariz, a boca, o falo e o ânus como possibilidade de sublinhar a natureza transitória do ser humano. Nossos "buracos" sentem, fruem e se eliminam pela eternidade, mas são bastante importantes no "durante", no momento, na travessia. Interessante, profundo e agrega um pouco à minha teoria sobre os motivos das brochadas.

As diversas teorias sobre os cheiros avançaram nos séculos XVIII e XIX, não só nos campos da filosofia e da estética, mas na esfera social. A crença predominante no século XIX era de que o homem civilizado não mais precisava do seu sentido olfativo. Ele o tinha superado, distanciando-se cada vez mais do reino primitivo. O olfato, então, passou a ser considerado um diferenciador de classes étnicas no século XIX. Grupos de etnia não europeia e classes economicamente mais baixas eram vistos com diferentes odores. Eles, de forma distinta dos brancos nobres, perceberiam aromas e os tratariam muitas vezes com maior tolerância. Além disso, essas classes inferiores exalariam cheiros desagradáveis (e teriam a capacidade de não se incomodar com eles) em virtude de sua composição corporal supostamente diferente, além de sua falta de higiene. O que esses brancos nobres não perceberam foi que os "outros" teriam a capacidade de sentir prazer muito maior que eles, brochas e frescos.

Bom, essa discussão toda dá um salto enorme e chega até nós e aos nossos problemas contemporâneos e clássicos. Hoje em dia também privilegiamos a visão e depreciamos os cheiros. E uma ferramenta poderosíssima chega como catalisadora do visual: a internet. Lá sentimos atração pelas mais belas mulheres que só observamos e fantasiamos. Nada mais. Não as sentimos, não as tocamos e até o seu canto pode ser ludibriado pelos gemidos dublados ou simplesmente por desligarmos o som do computador.

Assim, mesmo sabendo do poder do olfato, e o tanto que é importante para mim, ando inconscientemente depreciando os cheiros com a pornografia virtual. Com uma mão no mouse e outra no Jacozinho, sinto-me como um Príapo contemporâneo. Duro, extremamente duro quando eu bem desejo (só relembrando: eu nunca brochei comigo mesmo!), e brocha ao me defrontar com corpos e cheiros que não são compatíveis. E as brochadas vão surgindo! E são várias e pouco importantes, mas que chamam a atenção em relação a essa questão da tecnologia.

Eu me lembro que brochei com uma garota depois de ficar dez anos sem vê-la. Tinha muito tesão por ela no passado e a tinha possuído diversas vezes em meus momentos onanísticos e virtuais. Quando finalmente ficamos juntos, sem roupa, não fui capaz de elevar o Jacozinho. Culpei, sem razão, o seu corpo gordinho e seus peitos estrábicos. Eles não se assemelhavam às minhas ficções. Uma outra vez, brochei com uma policial federal, que habitava meu mundo da fantasia e do erotismo. Eu tinha essa tara pela transgressão. Assim, "foder" a lei brasileira (ou alemã) funcionava muito bem nas minhas ficções. A policial federal "real" tinha uma bunda feia e seus peitos eram meio caídos. E de novo Jacozinho não subiu. Ela não se enquadrava no modelo perfeito de beleza veiculado pelos sites que eu frequentava. Brochei com uma ex-colega de faculdade. Ela era minha colega de natação e corrida e ficava linda de maiô. Imaginei-a tantas vezes nua ao meu lado. Mas quando a vi sem roupa, tinha os peitos meio murchos, uma bundinha já sem grandes atrativos que não se assemelhavam às minhas invenções. Decepção. Imaturidade. Machismo. No fundo, culpo a pornografia virtual, a grande "ladra de sonhos", pela minha vileza. O acesso instantâneo à pornografia desencadeia uma série de reações que merecem atenção. Ansiedade, crises de pânico, procrastinação e o vício pelo prazer imediato estão vinculados a esse mundo de soluções instantâneas para desejos (e para brochadas). (Nos Estados Unidos já existem cursos e clínicas de desintoxicação da pornografia virtual. Já estou inscrito no plano megasuperplusintensivo.)

    A pornografia de uma forma geral sempre atraiu os homens. O que muda agora é a facilidade, a velocidade e a possibilidade de "possuir" milhares de mulheres em questão de segundos. O instinto animal do homem, que tem essa necessidade de espalhar seu sêmen, é aguçado com a internet. O cérebro, ludibriado pela quantidade de fêmeas que surgem quase instantaneamente sem que ele precise conquistá-las, manda informações ao pênis, que se alegra com a possibilidade de um harém contemporâneo. Yupi! Intimidade, amor e carinho são substituídos por lindas bundas, peitos perfeitos e prazer intenso. Um estudo científico mostra que o tempo para a ejaculação transando com a mesma mulher é muito maior que o tempo "transando" com várias delas. O Efeito Coolidge se manifesta na rede virtual: em algumas espécies de mamíferos, os machos (e, em menor quantidade, as fêmeas) apresentam um interesse sexual instantaneamente renovado se são apresentados a novos parceiros sexuais, mesmo que tenham recusado sexo minutos antes com uma parceira já "conhecida". Ele brocha com a mulher, mas não com uma nova amante.

O "circuito de recompensa" onde uma quantidade extra de dopamina é liberada nos aprisiona na pornografia virtual. "Cada clicada, uma gozada diferente" é algo que nos escraviza e nos incita cada vez mais: os viciados virtuais pornográficos. Estudos feitos em ratinhos dando-lhes acesso irrestrito a *junk foods*, ou a estímulos de gozo diretos no cérebro, comprovam o vício pelo deleite (dopamina). Esses ratinhos viciados no gozo acabam por morrer literalmente de prazer. Tornar-me-ia um ratinho desses? Existe alguma cura? Será que o motivo das minhas brochadas contemporâneas estaria explicado? Agora tudo se mistura e se complica ainda mais. Terei salvação?

O fato é que a constante novidade que apenas um clique de mouse nos permite causa um vício mais forte e rápido que drogas como maconha e cocaína, como mostram alguns estudos. A fórmula é inversa: à medida que mais gozamos virtualmente, mais brochas nos tornamos na realidade. Que porcaria, o ser humano macho! Não deu certo mesmo. Além disso, essa putaria em duas dimensões nos torna mais suscetíveis a cheiros e menos tolerantes às imperfeições dos corpos. Resumidamente, estamos vivendo na contemporaneidade brocha. Seria engraçado conhecer a obra filosófica (ou a não obra) de Kant e Bakhtin se eles tivessem sido viciados em pornografia virtual. Confusão danada! E vamos a mais uma das minhas brochadas, então.

Eu conheci a Leah durante uma rápida visita que ela me fez. Tínhamos amigos da comunidade judaica em comum. Depois nos separamos e acabamos morando em países diferentes. Com a distância física, nos envolvemos virtualmente. Conversas, cartas, votos de amor, poesias. Isso que dá se relacionar com alguém da sua própria área. Se eu fosse engenheiro e ela fosse economista, ficaria tudo muito mais pragmático (ou não). Fantasiamos uma vida completa, bonita e romântica. Essa porcaria sentimental e poética. Eram e-mails carinhosos, mensagens delicadas e divertidas pelo celular e longas conversas por Skype. Será que por meio de palavras as pessoas se entregam verdadeiramente ou será que elas criam personagens encantados para se enganar e enganar os outros? Não sei, só sei que me apaixonei pelas palavras da Leah. Um encanto. E para me satisfazer sexualmente com "ela" imaginava-a em diferentes posições e versões que os sites pornográficos me disponibilizavam quando eu bem queria. A admiração pela Leah "inventada" ia crescendo e a vontade aumentando. Até que em um momento de carência dupla transamos virtualmente. Até que foi bom, mas hoje vejo que foi meio engraçado. O poder das palavras é incrível. O poder da imagem mais ainda. Mas tudo é invenção se não há o toque e o cheiro. Sem isso, não há vida. Só que muitas vezes a invenção é mais poderosa que a realidade. Nosso encontro virtual foi muito mais quente e profundo que o real. Pela internet ouvimos nossos gozos, nossos gemidos, nossa solidão. A distância uniu nossas invenções solitárias, nossos sonhos roubados, nossa vida inventada. Nesse momento a gente se apaixona pelo nosso reflexo, já que o outro é completamente fantasiado e não existe nesse mundo supostamente real. (Jacozinho estava apaixonado pela minha mão.) Exaltação completa da imaginação e do narcisismo. E eu tenho que confessar: foi muito bom. Até senti que aquilo era o suficiente. Na transa virtual não é preciso haver carinho, companheirismo e "conchinha" após o coito. É cada um para seu lado, para seu hemisfério, para sua vida. Os dois desaparecem literalmente.

    Eu acho que me desencantei da Leah à medida que fui descobrindo seus medos. Em um primeiro instante você se encanta pela beleza (e bundinha) e pelas conquistas do outro. Eu também havia me encantado por seus livros de ficção e pelos seus artigos teóricos sobre Simone de Beauvoir e Clarice Lispector. Ela era linda, com um corpinho maravilhoso e com uma singeleza no falar e no escrever. Imaginei-a delicada, sensível, carinhosa e supersensual. Lentamente ela foi me revelando suas incertezas, seus conflitos pessoais e familiares, suas loucuras. Ela, mesmo a distância, começou a exigir presença, atenção, dedicação. Chorava e imaginava coisas o tempo todo. E ainda se julgava uma "vidente". Eu nunca compreendi muito bem essa questão "sensitiva" que algumas mulheres dizem ter. Elas afirmam que são capazes de sentir algo além do racional e acreditam piamente nisso. Essas "manifestações" podem ocorrer em sonhos ou em momentos triviais. A manifestação do inconsciente ou as epifanias são vistas por elas como verdades absolutas e sobrenaturais. E quando você faz parte dessas invenções é uma dificuldade tentar se explicar. Leah era assim. Sonhava com coisas que eu teria feito, ficava puta comigo e exigia que eu tentasse me "explicar". Acho que o que ela sentia mesmo era carência pela grande distância que vivíamos. Mas, mesmo assim, ela aprontava um monte de confusão. Se eu era protagonista de algum de seus sonhos, estava ferrado! No dia seguinte eu tinha que usar toda minha lábia literária para tentar justificar o que as ilusões "sensitivas" dela me culpavam. E, claro, eu fui me desencantando dela. Mas continuei desejando-a por sua beleza. Ao nos encontrarmos finalmente depois das invenções, tudo desmoronou bem rapidamente. Cheiros e toques não foram bons. Não nos despertaram.

Naquele fatídico dia, tudo se desencontrou. Ela queria um amigo; eu queria uma amante. Ela queria deitar no meu colo e me contar as adversidades pelas quais estava passando; eu ansiava por passar minha língua por todo seu corpo. Ela me amava; eu a desejava. Eu ia tirando sua roupa e ela me contava sobre seu dia. Acho que Jacozinho ficou assim, perdido. Desencontrado. Sem saber muito bem se se animava, ou se esperava por uma motivação apenas virtual. Esse Jacozinho estava cada dia mais perdido... Acho que só nos encontramos na brochada. E dessa vez acredito que fui capaz, até que enfim, de compreender que as mulheres também brocham e que uma delas estava completamente desiludida sexual e sentimentalmente na minha frente. Jacozinho repousou, e foi o melhor que ele poderia ter feito.

de: **Jacques Fux** <jacfux@gmail.com>
para: **Leah** <*****@yahoo.com>
data: 31 de janeiro de 2014 03:20
assunto: Novo livro!
enviado por: gmail.com

Olá, Leah!

Tudo bem? Espero que esteja aproveitando seu doutorado! Acho que essa é a melhor parte, o "durante", embora a gente nunca consiga "apreender" e "perceber" esses verdadeiros e únicos momentos até que eles se esvaeçam.

Então, Leah, estou escrevendo outro livro. Dessa vez eu tento brincar com a ficção. Será que vai ficar legal? Espero que sim! Resolvi contar o nosso "caso virtual" e nossa brochada real no capítulo que te envio. Espero que goste e que entenda a liberdade poética. Esses momentos são meus e seus, mas, na medida em que sou eu o "contador", acho que posso (re)simbolizá-los com certo lirismo.

Dessa nossa "realidade" que ficou omissa ou recalcada, creio, tudo pode se recolocar e aparecer sob outra ótica. Eu, quando chego ao fim de algo que li ou vivi, fecho meus olhos e começo a evocar todas as coisas que não foram vividas ou inventadas. Quantas novas ideias surgem e despertam! Reflexões profundas! Os rios, as montanhas, os sorrisos e as lágrimas que não vi retornam ao meu imaginário completamente disfarçado e recriado. E mais bonito! A literatura é aquilo tudo que se percebe fora de um livro, seja ele completo ou falho, e também aquilo que complementa a vida. Assim preencho as muitas lacunas alheias de todos nós. Assim preencho os vazios da nossa história fantasiada.

Bom, se quiser contribuir com o novo livro, será mais que bem-vinda! Gostaria que comentasse o texto e, se possível, também me contasse como foram as suas sensações naquele nosso fatídico dia.

Um abraço,
Jacques

de: **Jacques Fux** <jacfux@gmail.com>
para: **Leah** <*****@yahoo.com>
data: 10 de fevereiro de 2014 13:10
assunto: Novo livro!
enviado por: gmail.com

Oi, Leah!

Não sei se recebeu a minha mensagem do dia 31 de janeiro. Gostaria muito de receber uma resposta sua, se possível.

Encaminho novamente a mensagem.

Beijo,
Jacques

------------------ Mensagem encaminhada ------------------
de: **Jacques Fux** <jacfux@gmail.com>
para: **Leah** <*****@yahoo.com>
data: 31 de janeiro de 2014 03:20
assunto: Novo livro!
enviado por: gmail.com

de: **Leah** <*****@yahoo.com>
para: **Jacques Fux** <jacfux@gmail.com>
data: 15 de fevereiro de 2014 11:32
assunto: Re: Novo livro!
enviado por: yahoo.com

Jacques,

Acho que a Clarice fala muito bem sobre o (des)encontro e também sobre as incapacidades das relações humanas: "A vida oblíqua? Bem sei que há um desencontro leve entre as coisas, elas quase se chocam, há um desencontro entre os seres que se perdem uns aos outros entre palavras que quase não dizem mais nada. Mas quase nos entendemos nesse leve desencontro, nesse quase que é a única forma de suportar a vida em cheio, pois um encontro brusco face a face com ela nos assustaria, espaventaria os seus delicados fios de teia de aranha. Nós somos de soslaio para não comprometer o que pressentimos de infinitamente outro nessa vida de que te falo."

A gente viveu um equívoco, um mal-entendido, uma fuga. O "soslaio" de uma grande brochada. Acredito também que seja melhor deixarmos isso no passado, em completo silêncio e esquecimento... obedecer o fardo da solidão: "Minha alma tem o peso da luz. Tem o peso da música. Tem o peso da palavra nunca dita, prestes quem sabe a ser dita. Tem o peso de uma lembrança. Tem o peso de uma saudade. Tem o peso de um olhar. Pesa como pesa uma ausência. E a lágrima que não se chorou. Tem o imaterial peso da solidão no meio de outros." Precisamos, como seres humanos e também como escritores, aceitar o peso e a impossibilidade de se comunicar, de testemunhar, de escrever verdadeiramente sobre a falha, sobre a ausência, sobre a lágrima perdida e já esquecida. Assim, creio calada, seja a limitação e a obliquidade da vida e de toda literatura.

Boa sorte com o livro.

Leah.

LITERATURA

FIASCOS

Exaustão, melancolia e neurastenia eram sentimentos comumente retratados por alguns escritores durante o século XIX. A censura religiosa ao prazer, sobretudo da mulher, e com isso a diminuição da libido e o aumento da tristeza, foi fonte de inspiração para muitos livros. A brochada, então, surge como a metáfora perfeita para expressar esse sentimento de literal impotência frente às perguntas mais universais e humanas. Os franceses que o digam!

Armance, de Stendhal, narra as desventuras e o incômodo "segredo" do melancólico Octave de Malivert. Uma leitura mais atenta mostra que o grande problema de Octave seria, na verdade, a impotência em relação à sua prima, Armance Zohilloff, por quem o jovem se apaixonou. Octave consegue ter relações com prostitutas, mas não com a sua idolatrada Armance. Também em *De l'Amour*, Stendhal narra discretamente alguns de seus *fiascos*: "Tout l'empire amoureux est rempli d'histoires tragiques. (...) Nous avions tous fait fiasco la première fois avec nos maitresses le plus célèbre." Excesso de amor, pensar na amante morta na guerra, o nervosismo da primeira vez, tudo contribuiu para as célebres brochadas francesas.

Balzac, em *Massimilla doni*, narra também a impotência de seu herói. Na época, acreditava-se que a brochada era uma "doença" somente dos muito jovens e dos idosos: "Peut-être un an plus tard ne serait-il plus en proie à cette noble maladie qui n'attaque que les très-jeunes gens et les vieillards." Assim, o medo e a compreensão eram compartilhados entre os muito novos e os velhos. Flaubert, no clássico *A educação sentimental*, narra talvez a mais bela história de impotência e amor irrealizável. Baudelaire, vivendo profundos melancolia e *spleen*, venera a arte e incentiva a brochada! "Plus l'homme cultive les arts, moins il bande. Il se fait un divorce de plus en plus sensible entre l'esprit et la brute. La brute seule bande bien, et la fouterie est le lyrisme du peuple." Verlaine vincula decadência à impotência e discute a questão do homossexualismo e do sadismo como disparadores da brochada.

Não seria de se espantar, portanto, que o herói deste presente livro, de nome francês, se inspirasse na literatura para narrar seus próprios fiascos. Invenção? Plágio? Autobiografia? Quais seriam as verdadeiras confissões do célebre e brocha Jacques? Todas as páginas seriam mera ficção ou mereceriam autênticas risadas e intenso escárnio? E como se sentiram (ou se sentem) as suas heroínas? Orgulhosas ou decepcionadas? *Madame Bovary, c'est moi?*

Acredita-se que as mulheres-inspirações dos escritores brochas franceses nunca gostaram do que leram. Foram idolatradas demais quando queriam viver apenas um amor mais real. Especula-se, também, que as mulheres-inspirações deste livro tampouco gostaram das referências ficcionais. Profundas, sensíveis, apaixonadas, perdidas, loucas, frias, sensuais são caracterizações muito banais para toda a complexidade e beleza artística da mulher e do ser humano. A literatura – assim como a vida, a memória e os momentos – é extremamente limitada e pobre... E muito brocha!

PÉS NA BUNDA:
IMPULSOS LITERÁRIOS

O IMORTAL
PERDENDO O AMOR DE ESTELA CANTO

Diz-se por aí que talvez o maior escritor da América Latina tenha se dedicado às letras, aos sonhos e às mais belas criações inventivas por ter sido desprezado como homem.

Borges, o grande Borges, talvez o maior inventor de si próprio, possui uma literatura impotente. A impotência que sente não é em relação aos diversos mundos e escritos fantásticos, mas em relação à existência da mulher, da sua mulher, de seu grande amor, Estela Canto. Em 1946, o escritor argentino, tentando de todas as formas transformar seu amor platônico em um amor físico, apaixonou-se pelo canto dessa falseada sereia. Ela o desprezou, o diminuiu, o menosprezou: "A atitude de Borges em relação a mim sempre me comoveu. Eu gostava do que significava para ele, e o amor que ele tinha por mim. Mas, sexualmente, eu era completamente indiferente, nem sequer ele me desagradava. Ele simplesmente não me excitava. Eu me encantava pela sua conversa, mas seu convencionalismo me agoniava. Aceitava seus beijos, sempre desajeitados, abruptos e fora de sintonia, de forma condescendente, mas nunca fingi o que não sentia verdadeiramente." Coitado de

Borges. Alegria nossa, já que o sofrimento despertou o grande escritor.

Ainda tentando mostrar sua superioridade e supremacia diante do consagrado escritor, Canto disse que o contato físico mais próximo que já teve com Borges foi a experiência de lhe fazer a barba quando ele convalescia de uma das muitas operações nos olhos. "Tenho curiosidade em relação a Georgie e sempre quis ajudá-lo. Em mim havia algo de Sherlock Holmes e eu gostava de explorar os mistérios e os segredos do outro. Me encanta essa aventura em busca da alma e da essência de Borges. Porém, isso é uma grande e perigosa jornada. Eu também lhe queria ser útil, ajudar no que fosse possível, porém sem desejo sexual." Teria Canto realmente ajudado Borges? Ou teria Canto realmente nos ajudado?

Conjectura-se que a imortalidade que Borges sempre buscou nos seus personagens, e também os encontros místicos, míticos e proféticos, foram, na verdade, uma forma de sublimar a grande dor pela rejeição de Canto. Suas parábolas cheias de labirintos e esperanças de alcançar a vida eterna, encantada, reinventada, nada mais eram que uma constante fuga de si próprio, do "eu" depreciado, diminuído e brocha.

(2010)

Jacques

de: **Juliana** <*****@gmail.com>
para: **Jacques Fux** <jacfux@gmail.com>
data: 1º de dezembro de 2010 16:05
assunto: Talvez minhas últimas considerações
enviado por: gmail.com

Eu estou muito confusa... no momento eu não consigo sentir nada, não sei o que eu quero e nem quem eu sou... Brochei com a idealização de você, Jacques, e essa é a triste e cruel verdade... toda a verdade. Não podemos mais ficar juntos.

Em nenhum momento eu quis te magoar e me dói tanto pensar nisso... em você sentindo uma dor no peito que eu bem sei como que é... esse mal-estar... essa mágoa, que definitivamente eu não quero causar a você. Fico muito triste e por um momento chego até a desejar que aquela nossa primeira noite, onde tudo começou de forma surpreendente, não tivesse existido, assim eu não teria como te magoar... mas depois, refletindo melhor, vejo que foi muito bom que tenha acontecido, porque foi tudo tão lindo e diferente... tão inesperado e fascinante... Mas agora sinto, sinto tanto... e me pergunto por que a vida tem que ser desse jeito... por que tudo não pode ser mais fácil e mais simples... por que a gente não desliga quando tem que desligar... quando precisa se afastar... sem nenhum sofrimento... mas é tudo tão difícil e doído...

Eu estou passando por um processo só meu agora... não tenho vontade de dividi-lo com ninguém... é tanta coisa despertando lá do fundo, que eu achei que nunca mais surgiria, que eu nunca mais falaria a respeito, coisa que eu nem lembrava que ainda sentia... é um momento tão egoísta, tão limitado e doloroso... mas as suas palavras e carinhos me tocaram tanto... eu me pergunto como pode alguém sentir tudo isso por mim, quando não consigo retribuir. É tão ruim... nem sei o que escrever, não sei mesmo... mas quero ser honesta com você. Você ao menos merece isso... e ainda merece mais, muito mais... mas eu infelizmente não consigo te oferecer.

Você me tocou sim a alma, de uma outra forma, mas tocou. Fico tão grata por ter te conhecido e compartilhado momentos com alguém tão especial, poético, desarmado, intenso... mas fico triste por não conseguir retribuir da forma que nós dois gostaríamos, de não poder seguir com essa história... quem sabe nossos sentimentos não se encontrem de uma forma diferente num futuro qualquer... quem sabe você possa me perdoar e eu possa me perdoar também... quem sabe consigamos transformar tudo isso em outra forma de carinho, de afeto... não sei. Nem você sabe, apesar de dizer o contrário. Agora sei que não podemos e não queremos. Não pense que para mim tudo isso está sendo fácil. Não está, Jacques... não está... eu quero viver também, quero sentir tudo intensamente como você... quero deixar entrar toda forma de amor em mim... mas parece que tem muita coisa sedimentada e adormecida... eu estou tentando cavar... está saindo lentamente... quem sabe um dia vai esvaziar completamente para poder finalmente deixar que alguém entre.

Gosto tanto de você, sabia? Desde a primeira vez que a gente se conheceu, te achei especial, querido, diferente. Passou algo mundano, intenso, me deu inveja, mas uma inveja boa... e daí, um tempo depois a gente se cruza daquela forma louca... e eu fiquei me perguntando: "Será que ele entrou na minha vida no pior momento? Foi isso, só pode ter sido isso..." mas, sinceramente, não sei... eu é que nunca estive no momento ideal para encontrar alguém realmente especial... Como disse a Patrícia, minha analista, "Por que você não se atreve a viver? Por que é tão proibido para você sentir?" Eu não sei... não sei mesmo... mas, enfim, *c'est la vie*.

Quero pensar em você com doçura, encanto... alguém que me fez querer sentir tudo isso que você sente. Não quero me lembrar com tristeza... lembrar que não fui capaz... que não consegui... que me distanciei... E, novamente, eu não quero te magoar, do fundo do meu coração... espero que entenda. Sei dos seus medos e dos seus desejos... sei a pessoa maravilhosa e sensível que você é, e sempre será. Por tudo isso, quem sabe nossos sentimentos um dia poderão se transformar e se encontrar de uma maneira diferente, com mais admiração mútua, carinho, abraços, cumplicidade... tesão... Te desejo toda a felicidade e todo o amor da vida... e que você possa, como merece, receber isso de alguém...

Sabe, teria sido muito fácil para mim ter continuado com a nossa história e ir levando e fingindo que tudo estava bem. Isso poderia ter se estendido por anos e depois você iria se cansar, eu iria me cansar, terminaríamos de forma dolorosa, um machucando o outro, porque afinal estaria tudo bem ruim... e aí as lembranças seriam as piores possíveis... teria sido assim... eu sei porque eu sempre fiz dessa forma... sempre sobraram mágoas e rancores no meu passado... Sei também que tudo isso fere... que dói, que é sofrido e triste, mas espero que tenhamos boas lembranças, respeito, e quem sabe até uma amizade linda...

Te peço perdão pela sua dor... e também pela minha,

Juliana.

BARTLEBY
ONDE NADA ACONTECE, TUDO SE PASSA

O escritor americano Herman Melville, mundialmente conhecido pelo seu livro *Moby Dick*, além de sua importante contribuição para a grande literatura, nos oferece novas leituras possíveis para a questão das brochadas. Será que a verdadeira e obsessiva perseguição do capitão Ahab à baleia, muito associada à busca pelo mistério feminino, não seria efetivamente pela compreensão do próprio membro? Será que a verdadeira viagem de Ahab, e de todos nós, não é pela compreensão do fracasso? Dos fiascos que a vida nos impõe em todos momentos? Da razão para tantos encontros e desencontros?

Bom, mas para entender (e se enganar) um pouco mais de qualquer autor é necessário buscar outros textos. Talvez a mais importante fonte da impotência de Melville seja o seu *Bartleby*. O tão renomado e enigmático escriturário que sempre "prefere não" realizar as tarefas, os pedidos e as vontades que lhe são demandados nos coloca atados à revelia. Os personagens desse livro, assim como todos nós, ficam completamente estarrecidos, melancólicos e surpreendidos quando, ao "exigir" que o nosso "funcionário" realize a função que lhe é de dever, simplesmente algo sem explicação acontece, e este "sujeito", completamente alheio à sua obrigação, "prefere não".

E quando isso acontece há uma surpresa ainda maior. "Pela primeira vez em minha vida, fui tomado por um sentimento de opressiva e doída melancolia. Antes, eu jamais havia sentido qualquer coisa além de uma tristeza meio desagradável. O laço comum da humanidade fez com que eu fosse atingido por um irresistível desalento." Sim, desalento, comoção, espanto, surpresa. O "prefiro não", "prefiro não subir", "prefiro não realizar" a cópula surpreende a nós, personagens atuantes das brochadas.

Impotência, castração, imobilidade. Será que Bartleby é, na verdade, o "pequeno" Herman Melville brocha? "A aparência totalmente inesperada de Bartleby, assombrando meu escritório numa manhã de domingo com seu cortês desleixo cadavérico, ainda que firme e calmo, teve um efeito tão estranho sobre mim, que eu imediatamente afastei-me da minha própria porta e fiz como ele desejava. Mas não sem uma forte revolta impotente contra a educada arrogância desse escriturário incompreensível. Na verdade, foi principalmente sua incrível delicadeza que não apenas me desarmou como, aparentemente, castrou-me. Porque eu considero castrado um homem que permite tranquilamente que seu funcionário lhe dê ordens e diga-lhe para retirar-se do seu próprio imóvel." Sim, "chefe", dar ordens ao nosso "empregado", que "prefere não", torna-nos castrados, eu sei disso muito bem. E não preciso me esconder nem atrás da baleia nem do escriturário para narrar minhas desventuras!

As mulheres, no entanto, ao longo de toda a História, infelizmente nunca puderam utilizar o verbo preferir. Elas tiveram que aceitar o "fingir", como verdadeiras poetisas. "Eu prefiro fingir", foi a frase de várias moças durante muitos séculos. Elas, por diversas vezes, foram coagidas a realizar intercursos, mesmo "preferindo não fazer". Uma tristeza para toda a literatura e principalmente para a dolorosa realidade.

(2011)
Jacques

August 11, 2011, 11:58pm
Jacques,

Não sei qual o melhor jeito de falar isso... talvez eu devesse ligar... sei lá... enfim, preferi tentar aqui mesmo, pelo chat...
É o seguinte:
faz algumas semanas que estou avaliando as coisas.... acho q isso não é novidade...
decidi
não vejo futuro pra gente...
e não estou feliz com o presente que estávamos vivendo tb, estamos longe um do outro e não é só fisicamente...
brochei... de todas as formas possíveis
na verdade foi depois da minha análise q finalmente enxerguei tudo isso...
faz algumas sessões que falo da gente... e não vejo como seguirmos juntos

Ai, Jacques, eu escrevo isso tudo e vc não tem nada pra me falar? Agora vejo que estou tomando a melhor decisão mesmo

Não, não foi de repente, não... a gente já estava se desencontrando faz tempo... você não percebia?
não quero continuar namorando você e me sentindo sozinha...

sim... eu sei... lamento... mas, como disse, não é só a distância física que está me incomodando

não... não é só isso... eu sei que você tem seus compromissos também
o fato é que não me sinto incluída nos seus planos... na sua vida... nos seus sonhos e desejos
e, estando com você, tb não consigo planejar nada para minha própria vida...

eu sei q a sua situação é complicada... sei que você está começando sua carreira... mas eu sou, ou era, sua namorada e a gente deveria compartilhar essas angústias e medos...
mas a verdade é que tô cansada de te pressionar... de brigar... de querer um relacionamento sério e maduro...
e vejo que nada disso está mesmo funcionando, não é?

não sei... não sei mesmo...
mas acho q não... eu prefiro não tentar mais... melhor deixarmos assim

pode ser... pode ser que a gente se reencontre... mas eu não quero viver de sonhos e esperanças... eu quero achar alguém que me dê segurança para construirmos algo juntos...

tb fico triste... muito triste... a gente tinha tanta coisa em comum... e faz alguns dias que você me disse que estava com medo... que não tinha certeza da gente... não tinha percebido nada disso... só posso lamentar
eu prefiro estar inteira nas coisas... fazer planos, sonhar....
acho q estamos cada vez mais frios um com o outro...

tivemos muitos bons momentos... poucos, mas intensos... mas não quero continuar com essas brigas e com esses desencontros... e detesto quando você é assim, mudo e ausente... parece até que não está se importando com essa nossa conversa

mas nem é só o futuro
não temos sentimentos sólidos
E a gte nem consegue se ver direito... nem temos privacidade nenhuma
E além de tudo estamos tão distantes sexualmente falando... parece até que você está me evitando desde aquele acontecimento...

sinto falta
muita falta

espero que fique bem
não sei se esse seu silêncio é de dor, de alívio, de surpresa ou de desprezo
ai, Jacques, que raiva que tenho de você, às vezes...

desculpe por ter que terminar por aqui...
mas eu estava muito ansiosa... muito angustiada
espero que entenda...

bjs
Sarah.

SWIFT
SATÍRICO, IRÔNICO, CRÍTICO E BROCHA

Jonathan Swift, o crítico feroz que encontrou na literatura a possibilidade de espalhar seu escárnio, sua cólera e sua indignação, retrata a si mesmo como brocha, seja no campo literário, moralista ou sexual. Será que ele só construiu essas parábolas de indignação em relação ao mundo e aos seus habitantes porque era impotente? Ou sentia-se impotente em relação a tudo, sobretudo ao outro?

Aqui se encontra o clássico problema da autorreferência: se ele tivesse feito essa crítica toda para se defender da sua limitação brocha, por que se apresentaria como brocha? Autodepreciação? Autoironia? Essa grande questão pode ser encontrada sobretudo em "An Epistle to a Lady" no qual mostra "uma curiosa mistura de impotência e poder usada para mascarar sua necessidade raivosa a ataques indiretos ao poder". O texto sugere uma forte e perene impotência não apenas da força da palavra e da fala, mas também do seu falo. Na verdade, através dos fracassados relacionamentos íntimos com mulheres mais jovens, entre os quais Lady Anne Acheson, Swift constrói um personagem que se assemelha a um dos estereótipos populares do século XVIII: um homem sexualmente impotente, o velho *fumbler*, "brocha" que, diante de uma mulher, não consegue (ou *would prefer not to*) satisfazê-la.

Além desse conto, Swift ficou conhecido pelo famoso *As viagens de Gulliver*, que criou os seres e o termo *yahoo*, e onde construiu alguns personagens muito interessantes: advogados, que defendem profissionalmente uma opinião que não é a deles, exclusivamente por dinheiro; médicos, que têm a obrigação e o dever de envenenar as pessoas por dinheiro e que encorajam a hipocondria entre os fracos; ministros de Estado, ou nossos atuais partidos políticos, cuja função principal é a de trair o ministro ou o governo anterior com o intuito de afagar o seu próprio ego; brochas, que criticam os outros e a si mesmos buscando se esconder atrás de um personagem real, e que enganam o leitor inventando várias possibilidades literárias.

As mulheres reais de Swift, *voilà*, assim como as verdadeiras mulheres deste livro, são lindas, amáveis e idolatradas e muito mais profundas que os personagens masculinos. Elas estão constantemente sendo reinventadas e idealizadas.

(2013)

Jacques

de: **Jacqueline** <*****@yahoo.com>
para: **Jacques Fux** <jacfux@gmail.com>
data: 6 de março de 2013 01:12
assunto: Importante
enviado por: yahoo.com

Jacques,

Já escrevi outras vezes, faço isso com certa frequência. Geralmente escrevo para pessoas e me dou conta de que na verdade estou escrevendo pra mim mesma, e então não envio... Aqui escrevi pensando nas coisas que vivemos juntos. Não sei se não te mando por vergonha, por gostar de me fechar como sabes, por temer críticas de um especialista em sentimentos e letras ou por evitar me expor, não sei... mas dessa vez estou tomando coragem e te envio:

Talvez eu não saiba colocar em lindas palavras, como fazes, os sentimentos que tive... Mas se te abriste tanto comigo também posso tentar, não é!? Se é assim mesmo como dizias, Jacques, essa questão toda do teu amor e do teu desejo por mim, tenho que te confessar que já senti algo assim antes e tu vens me fazendo reviver isso em tuas palavras, mas só com tuas palavras, infelizmente... Amei muito, e sofri mais ainda, e não sei se isso é de fato amor; quando a paixão é tanta, e a emoção demais, que transborda não só dum jeito bonito como dizia Bartolomeu Campos de Queirós, no livro que me deste, mas que leva à irracionalidade, ao *nonsense* e às trivialidades que acabam em cenas, em discussões, em mal-estar, em criancices... em uma dolorosa separação. Se isso é amor mesmo, por que então nos traz tanto sofrimento e desilusão?

Por isso te digo que não sei se acredito em nada disso, ou em só nisso, porque de certa forma ainda me sinto viciada naquela minha antiga relação que já tem um tanto de estrada, e que infelizmente ainda me acompanha... com o tempo vi mais e mais que, na verdade, quase perdi toda minha vida desperdiçada nessa relação dolorosa do passado... e eu acabo me repetindo, recriando e ressignificando essa dor... é difícil... *Un gran amor es el alma misma de quien ama.* A verdade é que tenho tanto medo de amar de novo...

Acho que é exatamente como uma droga, se queres saber. Toma conta da vida toda, nada mais faz sentido, é explosão de sorriso, tato, contato, poemas, carícias, delícias, tesão...

mas é também tumulto, ressaca, esgotamento, tristeza, depressão. Aí reinicia-se o ciclo de abstinência, necessidade extrema, beleza desmedida, encantamento, brilho, cheiro, dança, compasso... tanta coisa que embala essa maravilhosa fusão de sentidos que acabo tendo certeza de que melhor escolha teria sido impossível... mas aí começa a nascer um medo por não entender o motivo de tanto merecimento de se viver essa incrível alegria, essa união de corpos e de mentes, dança em sincronia, moléculas reunidas, todas elas vibrando intensamente no mesmo sentido e no mesmo momento. Ai!!! Mas aí tudo se esvai quase instantaneamente, e nada, nada fica... somente a dor. Para que viver isso tudo de novo, Jacques? Como viver isso tudo contigo, se eu não senti? Quero fugir dessa "devastação" fisiológica e literária... quero me livrar do reencontro com essa miséria.

Lá pelas tantas algo começa a se desencontrar, nada é tão bom assim por tanto tempo, brigas, desconfiança, desprezo... aí as moléculas vibram e querem e não querem se afastar, bem como ímã mesmo... e aí a coisa desanda, e esgotam as ocitocinas, as dopaminas de todas as vesículas sinápticas, repulsa, guerra, ódio, morte (amor é química mesmo?)... e tudo impreterivelmente de novo, assim como é inevitável prevenir-se de passar pela ressaca, sabendo que em breve estaremos outra vez convencidos de que não há sorte maior no mundo que poder estar mais uma vez perto dessa pessoa, que não é escolha, é necessidade...

mas aí essa pessoa um dia não te quer mais, escolhe outra... e o mundo desaba.

Já há anos sigo bem minha vida sem essa montanha-russa, não há organismo que viva saudável assim. Mas também sigo triste, por achar que aquilo é que era vida, que era a única coisa que fazia valer a pena acordar a cada dia. Fosse como fosse, era lá, juntinho com ele que eu devia estar. E precisava estar. E para seguir sem isso ouço muito a razão, sim. Razão que enche meus dias me enganando que há no mundo mais a fazer que viver só para um grande amor. Pode ser que seja assim. Deve ser assim. Tem que ser.

Jacques, eu não senti isso tudo por ti, e acho ótimo, se queres saber. Brochei totalmente de medo. Senti uma admiração e um encantamento diferentes, vontade de te ouvir e te contar tudo que sei, mas como uma grande amiga. E, desde o primeiro dia que sentamos frente a frente e conversamos, fiquei com uma sensação linda, de que seríamos bons amigos pra sempre. Seja lá o que for o sempre. Senti que podia confiar em ti, trocar ideais e sonhos, e que sorte ter cruzado contigo, pensei. E de certa forma quis evitar desde a primeira vez que começaste a falar em ficarmos, lembra? Mas não queria, e não quero que saias da minha vida. Me ofendi e me ofendo quando somes e dizes que não podemos ter nada. Se houve um encontro, por que desprezá-lo?

Agora me diz, da próxima vez que me acontecer isso, devo evitar ao máximo me envolver com a pessoa? Não me sinto bem tendo te causado tudo isso, Jacques, e meu egoísmo me pune, porque se não tivéssemos vivido certos momentos, então, seríamos os melhores amigos com que a vida pode nos presentear?

Os muitos mistérios das relações humanas... a gente lê e estuda tantas coisas, mas só vivendo pra saber... E viver também é conviver com as muitas coisas que não têm resposta. Por que João amava Maria, que amava Joaquim, que não amava ninguém? Ele tinha que amar alguém, Jacques? Não sei... Viver também é ver que a gente não tem, nem de perto, o que quer, na hora que quer. A gente fica buscando o que é nosso de direito, como você me escreveu, nas palavras do Rosa, mas eu não sei, de verdade, o que me é de direito. E se eu tenho de fato algum direito nessa vida...

Desculpa minhas bobas palavras, e se elas, ou a ausência delas da maneira que querias, te doem. Me perdoa, Jacques... Porque, de verdade, não tenho pena não, me importo, muito, mas tenho é inveja: de sentir tudo isso, de transbordar em sentimentos e palavras nas esquinas da vida, isso é que é viver. Aquele dia que falaste tanto e tão lindo, e agora te sentes culpado, foi um momento especial, Jacques, te invejo por sentir aquilo tudo... O amor é teu, já sabes que acredito nisso, mas algo em mim fez esse gatilho em ti... Que bom...

Se te fiz mal, também te fiz bem, e quero teu bem, de verdade, acredite.

J.

FETICHE
O FALO E AS BOLAS

O mito do poderoso falo e dos testículos, fiéis escudeiros, é bem curioso e tem proporcionado casos hilários. Talvez os mais engraçados tenham sido o caso do pênis do Napoleão e o monorquidismo de Hitler.

Segundo algumas fontes, durante a autópsia de Napoleão, o próprio médico responsável teria removido o pênis francês e o vendido para "admiradores" desse tipo de relíquia. Esse caso controverso nunca foi confirmado, mesmo quando, em 1840, o corpo de Napoleão foi devolvido à França e enterrado no Les Invalides. Neste momento teria sido possível a verificação da falta de parte tão importante do imperador, o que nunca foi feito. Em 1916, o famoso "membro", que dizem ter sido um membrinho brocha, foi levado a leilão em Londres e arrematado por um americano que fez questão de exibi-lo no Museu de Arte Francesa de Nova York. O pequeno falo, literalmente o principal e mais imponente falo de uma época, despertou uma onda de notícias e especulações nos principais tabloides de então. Por fim, o Napoleãozinho foi comprado por um professor da Universidade de Columbia, que também possuía o frasco que Göring usou para se suicidar e o colar manchado de sangue de Lincoln. Esse catedrático morreu em 2007 e deixou como herança essa microbrocha-celebridade.

Já a conjectura de que Hitler teria só um testículo foi relatada pela suposta autópsia, realizada pelos russos, do corpo semiqueimado do brocha austríaco. Algumas teorias conspiratórias surgiram: para os freudianos, os indivíduos com uma bola são totalmente obcecados pelo controle e ordenação do mundo, principalmente através da arquitetura. Já psiquiatras sugerem que essas pessoas seriam "narcisistas, exibicionistas, com tendências agressivas, fantasias sadomasoquistas, megalomaníacas e dispostas à vingança". Para os historiadores, essas pessoas, ironicamente, são as que tiveram colhões para expor a verdadeira essência humana. Bate direitinho, mas vai saber se é verdade ou literatura.

Será, portanto, que o escritor é aquele que persegue a palavra com tanto afinco para que não exumem o seu corpo e o encontrem totalmente dilacerado, brocha, castrado e só com um testículo? A inventividade tem, sim, seu preço.

(1999)
Jacques

de: **Agnes** <*****@hotmail.com>
para: **Jacques Fux** <jacfux@gmail.com>
data: 10 de dezembro de 1999 22:37
assunto: Lo siento
enviado por: hotmail.com

Jacques, deixa eu tornar isso mais fácil para nós dois. Acabou. Eu estou terminando o namoro com você. Tivemos lindos sentimentos um pelo outro. Foi isso. Eu tentei conversar, dialogar, te escrevi cartas de amor, te amei com tudo que podia. Te respeitei. Agora eu cansei. Brochei totalmente com você. Sei que você também tentou muito, mas acho que não foi o suficiente. A nossa relação tem me gerado ansiedade, sofrimento, angústia e não é isso que eu quero para mim. Não vejo futuro para gente. Precisamos descobrir novos caminhos e conhecer outras pessoas. Obrigada por ter tentado e pelo seu amor, mas as discórdias e a falta de paz afetaram o que eu sonhava com você. Eu te desejo o melhor e que você encontre uma pessoa maravilhosa para ter paz e harmonia. Me sinto frustrada, mas estou convicta de que não estou feliz com as nossas constantes brigas e questões *on the fence*. Eu não sou mulher de deixar a vida me levar, Jacques. Sinto muito. Mulheres em geral precisam de segurança e você é um homem extraordinário, mas aprisionado a uma vida que você inconscientemente constrói e torna quase impossível de qualquer pessoa entrar. Isso é muito difícil, Jacques. Toda essa sua questão cultural, essa sua falta de coragem para enfrentar e viver um grande amor. Essa sua imaturidade... Lamento, Jacques. Sinto muito, muitíssimo, mas mesmo te amando, eu não nos vejo mais caminhando juntos. Foi uma linda história, mas estou colocando um fim. Siga seu destino. Farei o mesmo.

Agnes.

JESUS E A SAGRADA CIRCUNCISÃO, A ÚNICA DIFERENÇA?

Talvez a única diferença evidente no corpo dos judeus (e, hoje, nem tanto assim) fosse a ausência de seus prepúcios. Automutilação? Invenção? Literatura? O próprio Jesus foi circuncidado e várias lendas circularam sobre onde tinha ido parar esse seu chapeuzinho. Segundo as criações apócrifas, em 33 a.c. o próprio nasceu e foi circuncidado aos oito dias, como deve ser segundo a tradição judaica. Esse prepúcio foi guardado por Maria Madalena e, quando Jesus ascendeu aos céus, teria deixado, ou esquecido, a sagrada cobertura de seu pênis. Ato falho? Maria, então, doaria o chapeuzinho do salvador para João. Dessa forma, ele, e seus seguidores, durante muitos anos, guardaram o prepúcio Redentor.

O Vaticano oficialmente reconheceu a versão de que, em 1557, um soldado romano teria roubado essa relíquia. O prepúcio teria ficado exposto até a metade do século XX na cidade de Calcutá. Mas, não querendo mais polêmica fálica, o Vaticano extinguiu no início do século XX o "Dia da Sagrada Circuncisão". Em 1983, um padre de Calcutá reclamou o sumiço do santo prepúcio que estava, então, em sua posse, e que era guardado com muito carinho e amor embaixo de sua própria cama. Teorias conspiratórias acreditam que ou os nazistas, ou a máfia, os estalinistas ou o próprio Vaticano tenha sido responsável pelo roubo. Vai saber. Alguém formulou a seguinte possibilidade:

"Acredita-se que Jesus de fato ressuscitou e permanece vivo entre nós, brasileiros. Farto de se relacionar com mulheres sem aproveitar ao máximo o prazer sexual (reza a lenda que a falta do prepúcio diminui o prazer que o homem sente), e tendo brochado ultimamente com algumas, resolveu pleitear seu prepúcio de volta. Conclamou seus amigos da Opus Dei para não descansarem enquanto não encontrarem seu prepúcio. Finalmente, em 1990, eles conseguiram encontrar a parte sagrada do corpo Salvador em um leilão secreto da Igreja Católica. Novamente de posse de parte tão sagrada do seu próprio corpo, Jesus iniciou o processo de reimplante jamais feito por cirurgião algum. Mas, claro, com Jesus, milagres sempre acontecem!

Reza a lenda que no ano passado o prepúcio foi reimplantado e finalmente o primeiro e mais importante dos filhos de Deus foi capaz de encontrar o verdadeiro prazer. Ainda se incomoda com cheiros e pelos, pois, apesar de santo, também tem suas questões mal resolvidas com Maria Madalena e com seu povo judeu. No entanto, o implante físico e metafórico de seu prepúcio foi a sua salvação mais legítima. Ele abriu os olhos para outras artes e outras possibilidades. Hoje Jesus faz questão de agradecer solenemente a todos os devotos que o ajudaram na reconstituição do seu paraíso perdido."

Acredita-se, no entanto, que a verdadeira santificação do corpo acontece todos os dias nos corpos das mulheres! Elas é que deveriam contar e narrar as legítimas histórias, o prazer original, o amor sem limites, as brochadas, e as mais profundas desilusões. Jesus, e todos os outros homens incompletos, estão começando a finalmente entender isso. Que venham outros milênios com novas e maravilhosas histórias e invenções. A literatura agradece!

Este livro foi impresso na Editora JPA Ltda.,
Av. Brasil, 10.600 – Rio de Janeiro – RJ,
para a Editora Rocco Ltda.